CHRISTIAN BOURGOIS ÉDITEUR
8, rue Garancière - Paris VIe

Du même auteur
dans la même collection

LA FORTUNE DE FLETCH, n° 2090

FLETCH ET LA VEUVE BRADLEY

PAR

GREGORY McDONALD

Traduit de l'anglais
par Bernard BLANC et Dominique BROTOT

10|18

Série « Grands Détectives »
dirigée par Jean-Claude Zylberstein

FLEUVE NOIR

Titre original:
Fletch and the Widow Bradley

ISBN-2-264-01466-0

CHAPITRE PREMIER

— Salut, dit Fletch. Je m'appelle Armistad.

Le directeur du *Park Worth Hotel* resta assis et ne prit même pas la peine de répondre. Il fit comprendre d'un coup d'œil glacial qu'il n'appréciait ni le sweater à même la peau, ni les espadrilles fatiguées que portait Fletch. Il n'y avait visiblement aucune chance que son visiteur fût un éventuel client de l'hôtel, ou un candidat sérieux pour un emploi. Habillé ainsi, Fletch n'était pas particulièrement le bienvenu dans l'établissement.

— C'est Cavalier, votre nom ? demanda Fletch.

Une inscription sur un triangle de bois posé devant lui indiquait que le visage que l'on rencontrait juste au-dessus, en levant un peu les yeux, appartenait à Jacques Cavalier. Outre un bureau en olivier, la pièce contenait un grand coffre-fort ouvert, des piles d'imprimés en désordre et un moulage en plâtre du *David* de Donatello perché sur une étagère encombrée de numéros du *National Social Registers.*

Le directeur fit un mouvement brusque de la tête, comme s'il avait reçu une chiquenaude sur le nez.

— Oui ?

Fletch se laissa tomber sur une chaise, un portefeuille à la main.

— Comme je l'ai déjà dit, je m'appelle Armistad. (Il brandit l'objet vers le bloc-notes téléphonique.) Vous pourriez l'écrire.

— Vous n'êtes pas l'un de nos clients.

— Geoffrey Armistad, avec un G., 134 Nimble Drive, Santa Monica.

— Je regrette infiniment, fit le directeur tout en mettant les points sur les « i » de l'adresse donnée par Fletch. Vous avez beau entrer ici comme un cyclone, Geoffrey Armistad avec un G, nous n'avons besoin ni de garçons de course, ni de grooms, et si vous voulez travailler en cuisine, il faut aller voir notre chef.

— James Saint E. Crandall, dit Fletch.

— Pardon ?

— James Crandall. Trouvé son portefeuille ce matin, à côté de ma voiture. Un portefeuille pas ordinaire. (Il l'ouvrit comme un livre et mit le doigt sur le plastique qui protégeait une étiquette portant un simple nom : « James Saint E. Crandall ».) Il n'y a que ça. Pas d'adresse. Aucune carte de crédit, aucune photo.

— C'est un étui de passeport, constata Cavalier en l'examinant.

— Ouais, grogna Fletch.

— Et vous pensez que ce monsieur — euh — Crandall, est descendu chez nous ?

— Oui et non. Il y a une clé, dans cette petite poche (Fletch l'attrapa et la tint en l'air), marquée : *Park Worth Hotel. Chambre 2019.*

— Je vois, dit Jacques Cavalier d'une voix traînante. Vous faites ça pour toucher une récompense.

— Je veux uniquement rendre l'objet à son propriétaire.

— Cela semble assez simple. Je vais m'assurer que M. Crandall est bien enregistré ici. Si oui, vous pourrez me confier la chose. Je veillerai à ce qu'il la récupère.

— En effet, cela paraît facile, n'est-ce pas ? (Fletch fixa le mur, derrière son interlocuteur.) Vous ne m'avez pas demandé ce qu'il y avait dedans.

— Un passeport ?

Fletch ouvrit le portefeuille de nouveau.

— Dix billets de mille dollars de ce côté... (Il les

tripota du bout des doigts.) Et quinze billets de mille dollars de l'autre.

— Oh, mon Dieu ! (Le directeur regarda Fletch d'un air de surprise mêlée de respect.) Je suis sûr que M. Crandall vous en sera très reconnaissant.

— C'est la première idée qui vous viendrait à l'esprit, non ?

— Bien entendu.

— Vous avez perdu.

— Vous voulez dire... (Cavalier s'éclaircit la gorge) il refuse de négocier une récompense avec vous ?

Fletch se pencha et posa ses coudes sur le bureau.

— Je suis arrivé à l'hôtel il y a trois quarts d'heure environ. Ai appelé la chambre 2019. Un homme m'a répondu. Je lui ai demandé s'il était James Saint E. Crandall. C'était bien lui. Je lui ai dit que j'avais trouvé son portefeuille. Il a semblé ravi, et m'a prié de l'attendre cinq minutes au bar. Je lui ai précisé que je portais un pull bleu foncé. J'ai patienté une bonne demi-heure. Deux tasses de café. Pas mauvais, votre café, au fait.

— Merci.

— Il ne s'est pas montré. Je lui ai retéléphoné. Personne. Alors, je suis monté frapper à sa porte. Rien.

— Vous avez dû le rater. Vous savez, lorsque les gens disent cinq minutes...

— Quand un inconnu poireaute pour vous rendre vingt-cinq mille dollars en liquide qui vous appartiennent ?

— Je ne sais pas.

— De toute façon, j'ai vérifié à la réception. Entre le moment où je lui ai parlé et celui où je me suis renseigné dans le hall, il avait réglé sa note et était parti.

— Oh ! comme c'est curieux ! fit le directeur.

— N'est-ce pas ?

Cavalier posa la main sur le téléphone.

— Je contacte M. Smith. C'est le détective de l'hôtel. On verra ce qu'il peut découvrir.

— Très bien. (Fletch se leva.) Pendant ce temps, ça ne vous dérange pas que je passe un coup de fil ? Il faut que je prévienne mon patron.

— Bien sûr. (Le directeur lui indiqua une petite pièce.) Il y a une autre ligne là.

— Merci.

— Monsieur Armistad ?

— Oui ?

— Vous ne trouvez pas drôle que notre détective se nomme Smith ?

Fletch sourit.

— Le nom de famille des gens m'amuse toujours, ajouta Jacques Cavalier.

CHAPITRE II

— Salut, Jane. Paraît que Frank veut me parler ?

— Qui est à l'appareil ?

— Suffit que je parte deux jours et tu ne reconnais plus ma voix.

— Oh, salut, Fletch. Comment ça marche, là-haut, dans le Nord ?

— Passionnant ! Tu ne vas pas me croire. La nuit dernière, j'ai assisté à un numéro de danse nue dont la vedette était chauve.

— Mâle ou femelle ?

— Tu trouves qu'un chauve à poil c'est excitant ?

— Je ne vois pas ce que la calvitie vient faire là-dedans, dit Jane.

— Où est Frank ?

— Il ne m'a pas laissé entendre qu'il désirait avoir une conversation avec toi.

— J'ai trouvé un message ce matin : *Appeler immédiatement rédac chef Frank Jaffe. Très urgent.*

— Oh, tu sais, tout devient *très urgent* avec lui après quelques verres.

— C'est pour ça qu'il est bon rédacteur en chef.

— Je vais voir s'il se rappelle pourquoi il voulait te causer, ricana Jane.

En attendant, Fletch fut obligé d'écouter neuf mesures du *Beau Danube Bleu.* L'administration trouvait ça très chic, mais les journalistes pensaient que c'était du flan. Peut-être cela tranquillisait-il un annonceur publicitaire en puissance. Mais il suffisait d'appeler la rédaction avec un scoop du genre *La Chambre des Députés brûle* ou *Le gouverneur s'est enfui avec la femme du sénateur*, pour se retrouver en train de danser un pas de quatre dans une cabine téléphonique. Difficile de rapporter du sensationnel ou de petits ragots perfides après avoir ingurgité les violons de la musique du *Dr Jivago*.

— Hello, Fletch, où es-tu ? grogna Frank Jaffe ; des années passées à se soigner au whisky avaient abîmé les cordes vocales du rédacteur en chef.

— Bonjour, maître vénéré. Je suis dans le bureau du comptable du *Park Worth Hotel*.

— Et qu'est-ce que tu fous là ?

— J'ai envoyé mon papier d'ici, la nuit dernière. Une formidable histoire pour la Une sur l'ouverture d'un nouveau bar au champ de courses. Tu veux dire que ce n'est pas la première chose que tu aies lue ce matin ?

— Oh, ouais. On a publié ça en page 39.

— Peux pas faire de caviar avec des lentilles.

— Bon sang, j'espère que tu n'es pas descendu au *Park Worth*, hein ?

— Non. N'ai fait qu'y passer pour donner vingt-cinq mille dollars à quelqu'un.

— C'est bien. Seul l'éditeur a le droit d'aller dans cet hôtel. Et même lui n'ose pas.

— Ton message disait que je devais te joindre. D'urgence, as-tu précisé.

— Oh, ouais.

Fletch attendit. Frank Jaffe resta silencieux.

— Allô, Frank ? Tu veux me mettre sur une nouvelle histoire pendant que je suis là ? Qu'est-ce que c'est ?

— Je suppose que tu peux intituler ton reportage *Tu es viré*, soupira Frank.

Fletch ne répondit pas. Il respira profondément, puis il demanda :

— Quoi de neuf, à part ça ? Comment ça va, chez toi ?

— Déconné. Tu as déconné, Fletcher. Trop déconné.

— Comment ça ?
— Dieu seul le sait.
— Qu'est-ce que j'ai fait ?
— Tu as rapporté les paroles de quelqu'un qui est mort depuis deux ans.
— Pas du tout.
— Tom Bradley.
— Ouais. Le président de Wagnall-Phipps.
— Mort et enterré.
— Foutaise ! D'abord, je n'ai pas cité Bradley directement, Frank. Je n'ai jamais parlé avec lui.
— Ça me rassure.
— J'ai seulement fait référence à des rapports signés par lui.
— Récents ?
— Oui. Très récents, même. J'ai donné les dates, dans mon papier.
— Les macchabées ne pondent pas de notes, Fletch.
— Qui a dit qu'il était mort ?
— Le comité directeur de Wagnall-Phipps. Et sa femme. Tu as tourné le *Tribune* en ridicule, tu sais, Fletch. On ne peut plus croire ce qu'imprime le journal.

Fletch réalisa qu'il s'était assis sans s'en rendre compte.

— Frank, il doit bien y avoir une explication.
— Oui. Tu as pris un raccourci. Un gros raccourci, Fletcher. Comme un débutant. Et ce coup-ci, tu t'es fait choper.
— Frank, j'ai cité des mémos actuels et précisément datés. Ils étaient signés T. B. Je les ai eus entre les mains.
— C'était peut-être un quelconque T. B. En tout cas, tu as salopé ce reportage sur Wagnall-Phipps Inc. Tu y fais sans cesse référence à Tom Bradley comme patron actuel de la société, alors qu'il est décédé depuis deux ans. Franchement, Fletcher, cette histoire me gêne énormément. Comment le public peut-il faire confiance

à nos bulletins météo, si on leur sort des balivernes de ce genre ? Ecoute, je sais bien que tu ne connais rien en économie, Fletch. On n'aurait jamais dû te mettre sur cette enquête. Mais un vrai reporter peut couvrir n'importe quoi.

Fletch posa le portefeuille sur le bureau et frotta sa main gauche sur sa cuisse pour en essuyer la sueur.

— Disons que c'est une mise à pied, Fletch. Tu as pas mal de bon boulot derrière toi. Et tu es encore jeune.

— Combien de jours ?

— Trois mois ?

La voix du rédacteur en chef laissait supposer qu'il voulait tester la réaction de Fletch.

— Trois mois ! Frank, je ne pourrai pas survivre tout ce temps ! J'ai une pension alimentaire. Les traites de la voiture. Et pas un radis de côté.

— Peut-être devrais-tu chercher un autre job ? Après tout, cette idée de suspension provisoire ne tient sans doute pas debout. Je n'en ai pas encore parlé au directeur. Il ne l'appréciera probablement pas.

— Merde, Frank, c'est affreux !

— Evidemment. Tout le monde ici se fout de ta gueule. Ça va être dur d'oublier une histoire pareille.

— Frank, je me sens innocent. Tu vois ce que je veux dire ?

— Tu n'es pas Jeanne d'Arc.

— Donne-moi au moins une chance de vérifier mes informations.

— Auprès de qui ? (Frank Jaffe eut un petit rire.) Saint Pierre ? Si tu l'as au bout du fil, tu me le fais savoir.

— D'accord, Frank. Je suis mis à pied, viré, ou quoi ?

— On va essayer d'abord une petite suspension, et voir comment ça se passe. Le patron est à Santa Fe avec sa femme. Le financier veut ta tête sur un plateau. Tu es probablement licencié. Appelle-moi la semaine prochaine.

— Merci, Frank.

— Hey, mon vieux, tu veux que je t'envoie ton chèque ? Janey peut le mettre au courrier.

— Inutile.

— Je pensais que ça te gênerait sûrement de venir au bureau.

— Non, ça va. Je passerai.

— Le moins qu'on puisse dire c'est que tu ne manques pas de cran, Fletch. Eh bien, si tu te pointes vraiment ici, prends ton casque de foot et ta coquille.

CHAPITRE III

— Wagnall-Phipps. Bonjour.

— Je voudrais parler à M. Charles Blaine, s'il vous plaît.

Fletch réussit à empêcher sa voix de trembler. Il était toujours dans le bureau du comptable de l'hôtel, d'où il avait demandé les Renseignements, puis appelé Wagnall-Phipps avec la carte de crédit téléphonique du journal. D'une main, il décolla son sweater de sa peau en sueur.

— Vous êtes au secrétariat de M. Blaine.

— Est-ce qu'il est là ?

— Je suis désolée, mais M. Blaine est parti pour le reste de la journée.

Fletch regarda sa montre.

— Il n'est que onze heures et demie du matin.

— Je sais, répondit la secrétaire. M. Blaine a la grippe.

— Je dois le joindre à tout prix. Ici Jay Russell. J'appartiens, comme lui, à un comité de défense : « l'Association pour la Sauvegarde des Antiques Phantom ».

Il y eut un long silence à l'autre bout du fil.

— Comment pouvez-vous sauver de vieux fantômes ? demanda enfin la secrétaire.

— C'est un type de voiture, dit Fletch. Rolls Royce.

— Oh, pendant une minute, là, j'ai cru que vous étiez vraiment sur un coup !

— Puis-je avoir son numéro personnel ?

— Non, je suis désolée. La compagnie s'y oppose.

— Mais c'est très important.

— La politique de la compagnie aussi. Pour moi, en tout cas. Vous ne voudriez pas que je me fasse renvoyer ?

— Bien sûr que non. Qu'on ne vire personne est mon principal souci. Croyez-moi. M. Blaine sera ravi d'avoir de mes nouvelles. Je peux vous assurer qu'on ne vous reprochera rien si vous me transmettez ce numéro.

— Je sais qu'on ne me reprochera rien... si je ne vous le donne pas du tout.

Fletch raccrocha.

La main toujours posée sur le combiné, il grogna :

— Merde, merde, merde.

Il regarda dans son portefeuille. Deux billets de vingt, un de dix, un de cinq et deux de un dollars. Plus un chèque en blanc. Il essaya de se souvenir s'il lui restait encore cent vingt dollars sur son compte, ou si c'était le mois d'avant, ou peut-être deux mois ? En tout cas, à un moment quelconque, il avait possédé cette somme. Il pouvait compter, au plus, sur environ deux cents dollars en liquide — la dernière paye qu'on lui devait — et pas de boulot.

Il reprit l'appareil et passa un appel interurbain.

A la cinquième sonnerie, la voix endormie de Moxie fit :

— Allô ?

— Je te réveille ?

— Je ne sais pas. Qu'est-ce que tu fais au bout du fil ? Pourquoi n'es-tu pas au lit, à côté de moi ?

— Tu poses toujours les bonnes questions.

— Où es-tu ?

— *Park Worth Hotel.*

— Pourquoi ?

— Peux pas dire. Je suis allé à la voiture pour voir s'il

n'y avait pas de messages sur radiotéléphone. J'ai trouvé un portefeuille. Ça m'a conduit au *Park Worth Hotel.* Une longue histoire.

— C'est toujours une longue histoire avec toi, Fletch.

— Il y a des jours où l'on ne devrait pas se lever.

— C'est tous les matins qu'il faudrait rester couché. Quelque chose ne va pas, Fletch ?

— Ha ! ha ! fit-il joyeusement, qu'est-ce qui pourrait ne pas aller ?

— C'est quoi, alors ?

— Un ou deux petits trucs. Je t'expliquerai plus tard. Tu es toujours d'accord pour faire un tour avec moi sur la Côte aujourd'hui ?

— Ouais. A quelle heure tu dois rentrer au bureau ?

— Dans trois mois environ.

— Quoi ?

— On a tout le temps. Tu devrais te lever, prendre tes affaires et nous préparer un déjeuner pique-nique, un souper pique-nique, un petit déjeuner pique-nique...

— On peut pas s'arrêter en chemin ?

— Pas pour manger.

— J'ai qu'un pot de beurre de cacahuètes. J'ai avalé tout le reste.

— Apporte le pot entier. J'achèterai le pain et le jus d'orange.

— Partir en voyage avec toi me semble un véritable régal.

— En cinquième classe tout le long. J'arrive dans une heure.

— Une heure et demie.

— Il ne te faut pas tout ce temps pour emballer un seul pot.

— Bien sûr que si, j'ai perdu le couvercle il y a six mois.

— Comment as-tu réussi à égarer un truc pareil ?

— Je *pense* que je l'ai pris pour un éléphant, et tu sais comment sont les éléphants...

— Ouais. Ils se paument sans arrêt. Ne traîne pas

trop. J'ai l'idée qu'on pourrait peut-être faire une petite halte en cours de route sur une plage que je connais, pour piquer une tête.

— Tu es si disponible que ça ?

— Ouais, dit Fletch, je suis en complète disponibilité.

CHAPITRE IV

— Veuillez m'excuser, dit Fletch, je ne pensais pas que mon coup de fil serait si long.

Jacques Cavalier était toujours assis derrière son bureau en bois d'olivier. Et l'autre chaise était maintenant occupée par un petit homme d'âge moyen au visage d'ange. Il regardait Fletch avec curiosité. Le directeur, lui, avait l'air plutôt soucieux.

— Est-ce que ça va, monsieur Armistad ? demanda-t-il.

— Bien sûr. Mais il faisait chaud là-dedans.

— Monsieur Armistad, insista Cavalier, vous êtes tout pâle. On dirait que vous avez eu un choc.

— Oh, ça ! expliqua Fletch tranquillement. Mon patron vient de me faire savoir qu'un ami... à moi s'est fait virer.

— Très affligeant, dit le directeur. Dites-moi, monsieur Armistad, comment gagnez-vous votre vie ?

— Je gare des voitures.

— Un travail assez modeste. (Cavalier sourit.) Pourquoi votre collègue a-t-il été renvoyé ?

— Il a essayé de mettre deux véhicules sur le même emplacement. Y est presque arrivé. Chuck n'a jamais eu une très bonne mémoire.

— Voici M. Smith, le détective de la maison. (Cavalier jeta un œil sur son bloc-notes.) M. Geoffrey avec un

G. Armistad : notre honnête camarade qui parque des voitures pour assurer sa subsistance.

— Salut, fit l'homme au visage angélique.

Fletch s'assit sur la chaise restée libre.

— J'ai raconté à M. Smith votre remarquable aventure, monsieur Armistad. Il est, comment dire, incrédule.

— Faites voir c' portefeuille, dit Smith.

Fletch le lui tendit. Le détective compta les vingt-cinq billets un par un.

— D'accord. (Il posa l'objet sur le bureau.) J'ai vérifié. Un homme disant s'appeler James Saint E. Crandall s'est inscrit à la réception de l'hôtel à quatre heures de l'après-midi, il y a trois jours. Et il est parti ce matin, juste avant que Jacques ne me convoque. A payé en liquide. (Smith lut la facture qu'il avait à la main.) Il a fait monter un petit déjeuner pour une personne dans sa chambre, hier et avant-hier. Il a demandé qu'on lui repasse un pantalon. La première nuit, vers 22 heures 30, il a commandé une bière. Nous pouvons en conclure qu'il est rentré tôt. Pas d'autre note de bar, ni de restaurant. Il a téléphoné six fois, mais aucun appel longue distance. Comme adresse, il a donné : 47907 Courier Drive, Wramrud. Pas de nom de société, pas de profession.

Fletch avait demandé à Cavalier de lui prêter un bout de papier et un stylo. Il notait l'adresse.

— J'ai inspecté sa chambre, poursuivit Smith. Tout est normal. Des draps et des serviettes utilisés, comme d'habitude.

— Le personnel de la réception le connaissait ?

— J'ai demandé au caissier de me le décrire. C'est à lui que Crandall s'est adressé quand il est parti. Notre homme a dit que le gars avait la cinquantaine et un début de calvitie. Ou qu'il était voûté et âgé de soixante-dix ans. Je suppose que deux personnes ont réclamé leur facture en même temps...

— Pourtant quelqu'un devait l'avoir déjà vu ?

— Pourquoi dites-vous ça ?

— Crandall a payé en liquide. On aime bien demander un numéro de carte de crédit quand quelqu'un arrive dans un hôtel, n'est-ce pas ?

Smith échangea un regard avec Cavalier.

— C'est un quatre-étoiles, ici, monsieur Armistad.

— Vous n'avez pas d'escrocs quatre étoiles ?

— Nous essayons d'ennuyer nos clients le moins possible. Bien sûr, quelquefois nous nous faisons avoir... (Cavalier haussa les épaules.) Mais nous considérons que ça vaut la peine de faire confiance à tout le monde. Ceux qui descendent chez nous comptent sur nous, comme nous devons compter sur eux.

— Il y a beaucoup de gens qui paient en liquide ? demanda Fletch.

— Oui, fit Cavalier. Dans cet hôtel, nous avons encore des vieilles dames très « bas de laine », vous savez — et il n'y a pas qu'elles, d'ailleurs — qui ne veulent pas courir le risque d'être dépouillées par un quelconque délinquant, dans la rue, ou par une société de carte de crédit.

— Une autre catégorie de clients règlent de la même façon. (Smith donna un coup d'œil à Cavalier et eut un petit rire.) C'est valable pour tous les hôtels. On dit « affaires privées », vous voyez.

— Un seul petit déjeuner, fit Fletch. Deux jours d'affilée. Crandall ne semble pas avoir partagé sa chambre avec quelqu'un.

— Cela ne veut rien dire. Il y a beaucoup d'heures dans une journée.

— Ouais. Vous pouvez me donner une idée du nombre de gens qui paient ainsi ?

— Environ dix pour cent, dit Cavalier.

— Je dirais plutôt quinze, précisa Smith.

— M. Smith est obligé de se montrer pessimiste, expliqua le directeur. C'est son travail.

— Ce James St. E. Crandall n'a donc rien de vraiment inhabituel.

— Si, fit Smith en riant. Il s'est défilé alors que quelqu'un voulait lui rendre vingt-cinq mille dollars. C'est une expérience toute nouvelle pour nous.

Cavalier observait Fletch avec attention depuis un moment.

— Ne le prenez pas mal, monsieur Armistad, mais vous ne correspondez pas à l'idée que je me faisais d'un gardien de parking.

— Vous en avez connu beaucoup ?

Le directeur sourit d'un air affecté.

— Pas intimement.

Fletch prit le portefeuille posé sur le bureau et se leva.

— Merci pour votre aide.

— Vous l'emportez ? demanda Cavalier.

— Vous avez une autre solution ?

— Eh bien, je ne sais pas. (Le directeur regarda Smith.) Il ne s'agit pas simplement d'un objet trouvé. Je suppose qu'il faudrait prévenir la police.

— Oh, mais j'y cours ! assura Fletch.

— Bien sûr, murmura Smith.

— Je suis venu ici, pas vrai ?

— Oui, exact. (Cavalier passa un doigt sur ses sourcils froncés.) Et vous avez trouvé l'argent. Mais pas dans l'hôtel... C'est ce que vous avez déclaré.

— Mais pas non plus à vingt pâtés de maisons d'ici !

— L'homme s'est effectivement défilé... Vous êtes sûr d'avoir appelé la bonne chambre ?

— Non. Tout le monde fait un faux numéro de temps en temps. Mais le type à qui j'ai parlé n'a pas eu l'air surpris quand je lui ai dit qu'il avait perdu ce portefeuille.

Fletch le glissa dans la poche arrière de son jean.

— Je ne sais vraiment pas, souffla Cavalier. Il faut sans doute qu'on se mette en rapport avec le commissariat. (Il sourit à Fletch.) Juste pour nous couvrir, vous comprenez.

— Un type entre ici avec vingt-cinq mille dollars...

murmura Smith, et en ressort tranquillement avec la même somme.

— C'est normal que vous préveniez les flics, dit Fletch. Après tout, je vous ai donné mon nom, n'est-ce pas ? (Il montra du doigt le carnet du directeur, sur le bureau.) Et mon adresse.

— Oui, monsieur Armistad, fit Jacques Cavalier. En effet.

CHAPITRE V

— Un pot de beurre de cacahuètes, un pain, un cruchon de jus d'orange et vous, ma mie, chuchota Fletch.

Ils étaient tête à tête, à plat ventre sur le sable. Leurs deux corps, qui se touchaient presque, étaient encore mouillés. Il n'y avait personne d'autre dans la crique.

— Plutôt romantique, dit Moxie.

— Ouais.

— Mais pas trop.

Les reflets du soleil de l'après-midi finissant jouaient dans les gouttelettes sur la peau nue de Moxie.

— Du beurre de cacahuètes, du pain et du jus d'orange.

— Et toi, ma splendeur.

— Splendide ! Pas de carottes râpées, ni de haricots en salade, mais cela ne suffit pas à faire monter la mayonnaise, romantiquement parlant, Fletch.

Moxie se souleva juste assez pour pouvoir enlever le sable collé sur ses seins nus, puis reposa sa joue sur son avant-bras et soupira.

— Ce ne sont pas des jours très romantiques que les nôtres...

— Tu crois ?

— Le romanesque s'est enfui à jamais. Une chose du passé.

— Arrête, je vais sangloter.

— Envolé avec les crinolines et leurs contraintes.

— Pourtant, je me prenais pour un grand sentimental.

— Sûr ! Passer me chercher à une heure et demie, ignorer ma réservation pour deux au café *Mondrian*, conduire comme le capitaine d'une équipe de bobsleigh jusqu'à cette plage abandonnée, éviter plusieurs bons restaurants où l'on aurait pu s'arrêter pour manger...

— Tu as faim ?

— ... Me faire rouler dans les vagues comme une... une...

— Une quoi ?

— ... Une égale. (Elle se tortilla sur ses coudes et l'embrassa sur la joue.) Et faire ça dans le sable sans même une couverture ou une serviette, rien.

— S'il te plaît, sois juste : on était sur le côté.

— Pas très romantique.

Elle lui souffla sur le visage.

— Tu sais, c'est un concept qui a surtout été inventé par les fabricants de vin et de bougies.

— Et sentir le sel...

Elle lui lécha la joue.

— Cacahuètes et jus d'orange, quoi de plus sentimental ? Faut pas se moquer des protéines, ni de la vitamine C, poupée. Des aliments très énergétiques, tu sais.

— Et toi, tu es énergétique, de nouveau ?

— Sûr. Ça fait bien cinq minutes.

Ils avaient examiné les collines autour d'eux, la première fois. Une seule maison dominait la crique, et elle était passablement éloignée. Sa porte-fenêtre avait l'air condamnée.

Ils étaient assis sur le sable et faisaient descendre leurs sandwiches au beurre de cacahuètes avec du jus d'orange.

— Donc ? fit Moxie.

— Donc j'ai embarqué les vingt-cinq mille dollars...

(Il attrapa le carton de jus pour boire.) Qu'est-ce que tu veux savoir d'autre ?

— Hier soir, si je me souviens bien, tu m'as cassé les oreilles avec tes qualités et ton sens du devoir. Fallait que tu sois de retour au journal à temps pour le service de nuit. Et si je voulais venir avec toi, je devais être debout, mes paquets faits et prête à partir avant même d'être réveillée !

— Mes qualités ?

— Ouais, tu étais sacrément pompeux !

— Tu n'as guère la réputation de te lever de bonne heure, Moxie.

— Je n'ai aucune réputation. Dormir tard, c'est la première chose que j'ai apprise à l'Ecole d'Art dramatique.

— Vraiment ?

— Tous les cours ont lieu l'après-midi.

— Vous autres, les acteurs, vous devez vous singulariser à tout prix.

— Je ne sais pas à quelle heure commence la garde de nuit d'un journal, Fletch, mais cette grenouille rouge en train de couler un bronze dans l'océan, là-bas, c'est le soleil couchant. Et nous sommes bien à sept heures de route de ton précieux canard.

— Je suis un homme nouveau.

— Et qu'est-ce qui t'a transformé ?

— On m'a viré.

Fletch contempla les petits plis du ventre de Moxie qui bougeaient à chacune de ses respirations. Elle dit « Ho ! », puis « Hé ! ». Elle se remit à mâcher.

— Tu aimais ce boulot.

— Et puis j'avais quelques chèques, aussi.

— Tu peux être engagé ailleurs, non ?

— J'en doute fort.

— Qu'est-ce qui s'est passé ?

— Longue histoire. Un peu compliquée.

— Essaie de simplifier. Si je ne comprends pas du

premier coup, j'ai le droit de poser des questions, d'accord ?

— Eh bien, voilà : on m'a demandé un papier sans importance sur une société sans importance, et je me suis fait refiler un tuyau foireux. (Fletch parlait vite.) Mon informateur était un type appelé Blaine. Charles Blaine. Vice-président et trésorier. Il m'a communiqué un paquet de mémos qui ont circulé entre lui et le président de la société, Tom Bradley, et il m'a dit que je pouvais les citer. Ce que j'ai fait.

— Alors où est-ce que ça a dérapé ?

— Tom Bradley est mort il a deux ans.

— Mort ?

— Mort.

— Mort-mort ?

— Encore plus que le romantisme.

— Tu as cité un cadavre ?

— Très précisément.

— Merde, tu as fait fort, Fletch ! ricana Moxie.

— On a vu pire. J'aurais pu rapporter les écrits de quelqu'un qui n'a jamais existé.

— Je suis désolée.

Moxie se frotta le nez.

— De quoi ?

— D'avoir ri.

— Tu sais, cette histoire est si drôle que je me réveille le matin en rigolant.

— Tu as fait référence à des mémos récents ? Comment est-ce possible ?

— Oui, des notes toutes fraîches. J'ai donné les dates dans mon article.

— Je ne pige pas.

— Comme ça, on est deux.

Elle laissa son regard errer sur la mer. Dans le soleil couchant, ses yeux étaient violets mouchetés de jaune.

— C'était peut-être une méchante farce ?

— Ouais, plutôt. J'imagine que quelqu'un avait envie d'être malveillant.

— Mais qui ? Et pourquoi ?

— Blaine, sans doute. Il devait bien savoir ce qu'il faisait en me transmettant les rapports d'un mort. Ou alors il est cinglé.

— Tu es retourné le voir ? Tu as essayé de reprendre contact avec lui ?

— Ce matin. Il n'était pas au bureau. La grippe.

— Non. (Moxie secoua la tête.) C'est trop dingue. Personne ne ferait une blague pareille.

— C'est pas une plaisanterie. Tu as peut-être entendu dire que certaines entreprises américaines mènent une campagne plutôt rusée contre la presse. Pour ridiculiser les journaux et la télé.

— Comment j'aurais pu être au courant ?

— Parce que ça prend de l'ampleur. Ils disent que les journalistes sont trop libéraux. Qu'ils sabotent les affaires.

— C'est vrai ?

— Probablement. Le *Tribune*, de plus, s'est occupé sérieusement de Wagnall-Phipps il y a deux ou trois ans.

— A quel sujet ?

— Achat d'influence. Des pots-de-vin aux membres du Congrès, aux maires et à d'autres élus. Tous ceux qui pouvaient passer de gros contrats de pelles et de cure-dents à Wagnall-Phipps.

— C'est toi qui as écrit ces papiers ?

— Je ne travaillais même pas pour le *Tribune*, à l'époque. J'étais à Chicago.

— Alors, tu sers de bouc émissaire.

— C'est ma faute. Je me suis complètement foutu de cette histoire. A ce moment-là, je faisais un reportage sur le football qui me passionnait bien plus. J'ai vaguement étudié le dossier, j'ai vu qu'il s'agissait de savoir si cette société possédait toujours ce grand chalet de ski à Aspen qu'elle prêtait habituellement aux membres du Congrès et à leurs familles, et je suis parti interviewer Blaine. Je me rappelle avoir eu un mal de chien à rester éveillé en l'écoutant. Il a fini par m'installer tout seul dans un bureau et m'a laissé étudier tout un tas de rapports.

— Tu ne possèdes donc aucun de ces mémos, et tu n'as pas de copies.

— Non. C'était une histoire simple, stupide et sans importance. Je n'ai pas pensé une seconde que le journal allait la publier, tellement c'était ennuyeux. Qui se soucie de Wagnall-Phipps ?

— La Société Wagnall-Phipps elle-même, je suppose.

— On m'a refilé cette affaire parce que le type qui devait la couvrir, Tom Jeffries, s'est cassé la colonne vertébrale en faisant du deltaplane.

— C'est affreux.

— Ça l'est. Je ne suis pas journaliste économique. Merde, je ne sais même pas lire les cours de la Bourse. J'avais jamais entendu parler de Wagnall-Phipps avant ce jour-là.

— Alors pourquoi te sont-ils tombés dessus ?

— Rien de personnel, je crois. Ils cherchaient seulement à ridiculiser le journal. Et ils y sont arrivés.

— Ils se sont servis de ton ignorance.

— Sûr. Voilà que passe Jeannot Lapin, avec sa queue touffue et sa gueule grande ouverte. Ils en profitent pour le nourrir de carottes droguées. Ils font référence au président de leur conseil d'administration, Thomas Bradley, ils me montrent des mémos qu'il a signés, et j'écris : *Dans un mémoire daté du 16 avril, le président du conseil d'administration, Thomas Bradley, a ordonné de*, etc. Tu ne t'attendrais pas à ce que le vice-président et le trésorier d'une société sachent qui est le patron ?

Moxie secoua la tête de nouveau.

— Pauvre Jeannot-Lapin.

— Lapin que dalle. C'est une poire.

— Donc, t'es viré.

— Mon rédac chef me l'a annoncé dans les formes. Il parle d'une mise à pied de trois mois, mais c'est seulement pour pouvoir dire plus tard qu'il a essayé de sauver ma tête.

— Aucun espoir ?

— Je n'en mettrais pas ma main à couper.

— Encore un peu de jus d'orange ? Il en reste un litre.

— On en aura besoin demain matin.

— Et que faisais-tu au *Park Worth Hotel ?*

— Oh, c'est une autre histoire. Faut qu'on passe voir un gars à Wramrud, demain. J'ai trouvé son porte-feuille.

— Fletch, je caille. Regarde vers l'ouest, tu verras que même le soleil lui-même a trouvé une meilleure planque.

— Je vais faire du feu, dit Fletch.

Elle le regarda avec de grands yeux.

— Tu as l'intention de passer la nuit ici ?

— Bien sûr. Romantique.

— Sur la plage ?

— Tu as combien d'argent sur toi, Moxie ?

— Sais pas. Peut-être cinquante dollars.

— C'est bien ce que je pensais. Et tu commences les répétitions de ta nouvelle pièce lundi. Quand vas-tu toucher ta première paye ?

— Fin de la semaine prochaine.

— Tu as donc cinquante dollars pour tenir une semaine. Moi, j'ai à peu près la même somme pour vivre jusqu'à la fin de mes jours. Tu piges ?

— Et les cartes de crédit, Fletch ? Tu t'en es servi hier soir. Au dîner. J'en ai une aussi.

— J'ai un sac de couchage dans la voiture.

— Si je comprends bien, tu me forces à passer la nuit sur la plage avec toi.

— Je te l'ai dit. Je suis un grand sentimental.

Fletch se leva et enleva le sable collé à sa peau.

— Je t'ai expliqué que le romantisme était mort.

— C'était un vœu pieux, dit Fletch. Je vais chercher le matériel.

CHAPITRE VI

— Je cherche mon oncle, dit Fletch.

Le policier arthritique avait mis un temps fou à se lever de sa chaise tournante et à venir jusqu'à lui. Il portait un appareil dans l'oreille gauche.

— Il s'appelle James Crandall, articula Fletch lentement.

— Habite en ville ?

— Probable.

— Qu'est-ce que ça signifie ? Les gens ne vivent pas *probablement* quelque part. Tu ne sais pas qu'on est dans un pays libre ?

— Ma mère m'a donné cette adresse.

Fletch lui tendit une page arrachée au bloc-notes de Jacques Cavalier.

— Je ne trouve pas Courier Drive, ajouta-t-il.

— « 47907 Courier Drive, Wramrud », lut le vieillard, à haute voix.

— Le type de la droguerie ne semble pas savoir où c'est.

Le policier fixa Fletch sévèrement.

— Bob connaît pas ?

— J'ai l'impression.

— Ce Crandall, c'est le frère de ta mère ?

— Oui.

— C'est quoi ce sable sur ta figure ?

Fletch s'essuya, et haussa les épaules.

— J'ai joué dans un bac à sable.

— Tu devrais te raser avant de voir ton oncle.

— Ouais. Je suppose.

Le policier jeta un nouveau coup d'œil au morceau de papier.

— Bob ne sait pas où se trouve Courier Drive, Wramrud, parce qu'il n'existe pas de Courier Drive, Wramrud.

— Comment ?

— Ta mère te ment souvent, fils ?

— C'est la première fois.

— Eh bien, comme ça, tu es au courant. Non. Y a pas de Courier Drive. En fait, on n'a rien qui ressemble à une promenade, dans le coin. Beaucoup de routes et de rues, ça oui, mais rien d'aussi élégant qu'une promenade.

— Pas de rue dont le nom sonne comme *Courier*, ou dont l'orthographe y ressemblerait ?

Le regard mouillé du vieillard se perdit au-delà de la vitre.

— Century Street. Cold Water Road... De toute façon, nos numérotations s'arrêtent bien avant quarante-sept mille et quelques. La ville ne compte que mille neuf cents maisons.

— Vous connaissez un Crandall ?

— Ton oncle, tu veux dire ?

— Ouais.

— Juste un Cranshaw, mais ce n'est pas ton oncle.

Fletch sourit.

— Comment le savez-vous ?

— Parce que c'est moi, et que ma sœur ne ment pas.

— D'accord, dit Fletch, j'abandonne. Aucun dénommé Crandall dans ce bled.

— Et nous sommes dans l'unique Wramrud dont j'ai jamais entendu parler. Il en existe un autre ?

— Non.

Les yeux du policier inspectaient le cou et le sweater de Fletch.

— Tu as du sable partout, mon garçon. Une douche ?

— Pardon ?

— Tu veux prendre une douche ? Te raser ?

— Où ça ?

— Dans les taules, derrière. Je peux même te donner un rasoir neuf.

— Drôlement gentil de votre part.

— Eh bien, il me semble que ce n'est pas demain la veille que tu trouveras ce tonton... Ta maman ne devrait pas te raconter des bobards pareils. Tu risques de mal finir.

Fletch le suivit vers les cellules.

— Pourquoi ta mère a fait ça, d'après toi ? demanda le policier. T'as vraiment un oncle, tu crois ? Elle t'a dit qu'il était riche, j'imagine ?

— Tu as les cheveux mouillés, fit Moxie, qui l'avait attendu dans la voiture. Et tu es rasé.

— Ouais, je me suis lavé.

— Où ?

— A la prison. Tu veux en profiter ? Ce vieux policier est charmant.

— Qu'est-ce que ça sentait ?

— Affreux.

— Alors, non merci. J'attendrai qu'on soit chez toi.

Fletch démarra en direction de la nationale.

— Il n'existe pas de James St. E. Crandall à Wramrud. Il n'y en a jamais eu.

Moxie se frotta le dos contre son siège et se gratta le bras.

— Ça me démange partout. On va tout droit à ton appart, hein ?

— Non.

— Oh, Seigneur, Fletch ! C'est compréhensible que tu répugnes à retourner en ville — on entend les éclats de rire d'ici — mais j'ai besoin d'un repas et d'une douche qui se respectent.

— J'avais pensé m'arrêter chez Frank Jaffe, au passage.

— Qui c'est ? Il est vivant ou mort, celui-là ?

— C'est mon rédacteur en chef. Mon *ex*, plus exactement.

— Tu retrouveras sa maison ?

— Je sais où il habite. C'est sur le chemin.

— Bon sang ! Tu ne parviens même pas à dégoter quelqu'un dans un trou comme *Wram quelque chose !* Je croyais que t'étais un grand journaliste !

— Qui t'a dit ça ?

— Toi.

Ils arrivaient sur l'autoroute. Fletch appuya sèchement sur l'accélérateur.

— J'ai dû me tromper.

CHAPITRE VII

— Mon Dieu !

Au pied du perron, Moxie regardait la façade bien éclairée de la maison de style Tudor entourée d'arbustes taillés.

— C'est là que vit le rédacteur en chef du *News Tribune* ?

— Ouais.

— Je parie que les poutres sont fausses.

Fletch sonna.

— Moxie ? Où vas-tu ?

Clara Snow ouvrit la porte, un verre de Martini presque vide à la main.

— Fletch !

— 'Soir, Clara. Je ne pensais pas te trouver ici.

Clara resta de marbre.

— Et moi, je savais pas que tu étais attendu, Fletcher.

— Tu vois, quand Frank donne une soirée à son domicile pour ses employés...

— Ça n'en est pas une.

— Pourtant Frank est là, tu es chez lui, et tu es une employée...

— Entre, Fletch.

— Attends une minute. J'ai une amie avec moi.

Fletch regarda Moxie émerger des buissons à droite de la villa.

— Comment allez-vous ? dit-elle en serrant la main de Clara. Heureuse de vous rencontrer, madame Jaffe.

— Ce n'est pas Mme Jaffe, corrigea Fletch.

— Fletch, tu manques pas de culot, cracha Clara quand elle referma derrière eux.

— J'ai Moxie, fit-il.

Dans le salon, Frank, en pull-over de ski, mettait une bûche dans le feu. L'air conditionné fonctionnait.

— Salut, Frank.

Jaffe le regarda par-dessus ses lunettes.

— Tu es viré, Fletcher. Si ce n'était pas encore fait, maintenant ça y est.

— Pourquoi ?

— C'est vendredi soir et, normalement, les salariés saqués ne se pointent pas sans invitation chez leur patron le vendredi soir. Les autres jours non plus, d'ailleurs. C'est incorrect.

— Même si je suis sur une histoire ?

— Laquelle ?

— C'est ce que tu vas m'apprendre.

Frank dévisageait Moxie.

— Vous êtes une belle fille, assura-t-il.

— Merci, monsieur, répondit-elle avec coquetterie.

— Superbe.

Clara Snow s'installa sur le divan.

— Je vous présente Moxie Mooney. C'est une actrice. Lundi, elle commence les répétitions d'une pièce au Colloquial Theater, dit Fletch.

— Puisque vous êtes là, autant que vous buviez un coup, proposa Frank. Au moins, moi, je n'ai pas perdu mes bonnes manières.

— Merci. Où est Betty ?

Debout derrière le bar, Frank versa deux autres Martini et ajouta un glaçon dans son verre.

— Ce week-end, ma femme est allée à San Francisco pour faire des courses et rendre visite à la famille de son frère.

« D'autres questions, Fletch ? »

— Sûr !

Fletch regarda Clara Snow.

— Clara dîne avec moi pour discuter de problèmes éditoriaux.

— Avec une journaliste politique, c'est original. Je vois.

Clara tenait la rubrique culinaire jusqu'à ce que le nombre de lettres de protestation devînt accablant. Ses recettes rendaient les gens malades. Tout le journal rigolait du *Syndrome Clara Snow*. Quand un reporter avait une sévère gueule de bois, il appelait la rédaction et prétendait être trop mal fichu pour travailler parce qu'il avait mangé un plat recommandé par Clara Snow. Personne n'avait compris pourquoi on lui avait confié le poste prestigieux de correspondante à la Chambre des Représentants de Californie.

— Tu veux boire quelque chose, Fletcher, où préfères-tu que je te fasse franchir la porte à coups de pied au cul ?

Fletch s'assit en face de Clara.

— Sûr, Frank, j'aime le Martini. Désolé de te déranger.

Frank tendit un verre à Moxie et posa celui de Fletch sur la table basse.

— Asseyez-vous, asseyez-vous, dit-il à la jeune femme. Faites comme chez vous, après tout. Fletch a déjà commencé.

Moxie se plaça à côté de Fletch, et Frank se laissa tomber dans un fauteuil.

— Comment s'intitule la pièce que vous jouez ?

— *Mal d'Amour*, c'est une comédie sentimentale.

— Savais pas qu'on en montait encore, dit Frank. J'aimerais bien en voir une.

— Vous êtes l'ingénue ? demanda Clara.

A trente ans, sa féminité était totalement épanouie.

— Oui, répondit Moxie. C'est une comédie sur le viol.

— Un bon sujet de rigolade, en effet, ricana Clara.

— Pas le viol, je vous assure. C'est une jeune fille qui a reçu une éducation très stricte. Quand son mari la touche, elle croit qu'il va la violer. Aussi, chaque fois qu'il essaie de lui faire l'amour, elle appelle les flics. Vous voyez ?

— Pourrait être amusant, je suppose, fit Frank.

— Mais certains maris prennent vraiment leurs épouses de force ! intervint Fletch.

— Le plus drôle, poursuivit Moxie, en regardant son verre, c'est qu'ils s'aiment. Mais ils ont des idées terriblement confuses sur les libertés individuelles.

— Un avocat par chambre à coucher, murmura Frank, voilà ce qui nous manque.

— Wagnall-Phipps... lâcha Fletch.

Frank le regarda.

— Quoi ?

— Ne dis pas que tu refuses de parler boulot ce soir, Frank. Nous avons interrompu une réunion de travail entre toi et Clara.

— Je suis toujours prêt à discuter de problèmes de journalisme. Par contre je ne sais pas si j'ai envie d'avoir avec toi une conversation sur Wagnall-Phipps. Une boulette est une boulette, Fletch. Dure à avaler, peut-être, mais tu en es là.

— Une histoire est une histoire, Frank.

— Je pige pas.

— Le trésorier de Wagnall-Phipps m'explique que Thomas Bradley est le président, me montre plusieurs de ses récents mémos et quelqu'un d'autre te dit que Thomas Bradley est mort... J'ai besoin d'informations.

— Tu aurais dû y penser avant d'écrire le papier, intervint Clara.

— D'accord. (Frank les examina alternativement.) J'ai jeté un œil sur la première édition ici, pendant mon petit déjeuner, comme d'habitude. J'ai juste survolé ton article en me demandant qui avait bien pu te confier une affaire financière. Avec ton blue-jean effiloché et tes pieds nus.

— Les va-nu-pieds sont fatigués... minauda Clara.

— Je n'ai jamais été frappé par tes dons de journaliste économique, Fletch... dit Frank en lui souriant.

— Tom Jeffries a eu un accident de deltaplane.

— Je sais. J'arrive au bureau et j'ai un coup de fil d'une certaine Enid Bradley, qui assure être la présidente de Wagnall-Phipps depuis le décès de son mari. Pendant que j'écoute sa voix sirupeuse, je relis ta prose et je m'aperçois que tu as accumulé des citations *récentes* de son mari, Thomas Bradley.

— Tirées de ses rapports, rappela Fletch.

— Tu as gardé des copies ?

— Non.

— Aussi ai-je joint Jack Carradine, le responsable des pages économiques, qui rentrait de New York...

— Je sais qui est Jack Carradine, merci...

— Et il n'est pas capable de me préciser si Bradley est mort ou non. Apparemment, Wagnall-Phipps n'est pas une compagnie très importante. Il appelle le directeur qui lui confirme le décès de Bradley. Ne t'ai-je pas déjà raconté tout ça au téléphone ?

— Non. Tu ne m'avais pas dit que Mme Bradley elle-même t'avait contacté, ni qu'elle était désormais la présidente de Wagnall-Phipps. Tu as simplement fait allusion à des *confirmations* venant de *responsables* de la société, et non d'un seul gars — le directeur.

Clara soupira et jeta un regard en coin à Frank, qui assura :

— Mort, c'est mort.

— Ce n'est pas mes oignons, bien sûr, intervint Moxie, mais je crois que ces gens-là ont joué un tour à Fletch. Le *News Tribune* a publié un reportage sur eux, il y a quelques années...

— On fait constamment des vacheries aux journalistes, la coupa Frank. Les personnes interrogées ne racontent que ce qui sert au mieux leurs intérêts, pas l'exacte vérité. Les bons reporters le savent, et ne sont pas dupes.

— Fletch, lui, s'est fait avoir, insista Clara. Et c'est la fin de l'histoire.

— Frank, continueras-tu à me verser mon salaire jusqu'à ce que j'aie éclairci cette affaire ?

— Qu'y a-t-il à élucider ? Mme Phipps — je veux dire Mme Bradley, ne veut pas que ses enfants lisent dans le journal des propos récents de leur père. Peux-tu l'en blâmer ? Elle prétend qu'ils se remettent à peine de sa disparition.

Fletch secoua la tête.

— Quelque chose déconne, Frank.

— C'est sûr. (Clara alla se servir un nouveau verre au bar.) Irwin Maurice Fletcher et son boulot salopé. C'est ça qui déconne.

Frank se pencha vers le jeune homme.

— Ecoute, Fletch. Carradine a contacté Mme Wagnall — pardon, Mme Bradley, et a arrangé le coup. Il a même, hier soir, passé une heure à expliquer à ses gosses que la presse fait parfois des erreurs. Personne ne porte plainte. Mais, maintenant, tout le pays est au courant que nous avons interviewé un mort, et ça fait mal, Fletch. Le journal en souffre. A Santa Fe, notre éditeur en a eu vent, et il m'a téléphoné. Je voulais attendre qu'il rentre.

— Qu'est-ce qu'il a dit ? demanda Fletch.

Frank se carra dans son fauteuil.

— J'ai demandé une suspension. Je te jure, Fletch.

— Et il a répondu non ?

— D'après toi ?

— C'est non, dit Fletch en se levant.

— Tu n'as pas bu ton verre ! protesta Frank.

— J'ai fini le mien, glissa Moxie.

Frank lui sourit.

— Les petites choses aussi épatantes que vous ne devraient pas picoler.

Clara, au bar, se retourna lentement et le fixa.

— Juste une dernière question, dit Fletch.

— Quoi ?

— Clara va te préparer ton dîner ?

— Oui, pourquoi ?

— J'appellerai le bureau pour prévenir Janey que tu seras absent lundi.

CHAPITRE VIII

— Tu as le droit d'être là, tu crois ?

L'assistant documentaliste du *News Tribune* se tenait dans l'entrée et dévisageait Fletch.

Il était huit heures moins le quart, le samedi matin.

Levant les yeux du terminal de la filmothèque, Fletch répondit :

— Et pourquoi pas ?

— J'ai entendu dire que ce quotidien n'avait plus besoin de tes services.

— Moi aussi, on m'en a parlé.

— Tu ne devrais donc plus avoir accès aux excellents services de ce journal. A nos archives de microfilms, par exemple.

Fletch éteignit l'appareil et rassembla ses notes.

— Allons, Jack. Laisse-moi une chance.

— Attends une minute ! (L'homme à la poitrine de taureau se campa en face de Fletch, et tendit la main.) Fais-moi voir ce que tu sors d'ici.

— Juste quelques points de repère.

— Sur quoi ? Donne, je veux vérifier.

Fletch passa ses papiers à Jack et patienta.

— James Saint Edward Crandall... Adresse à Newtowne. Qui c'est ?

— Aucune idée.

Jack lui jeta un regard noir.

— Charles Blaine. Adresse à BelMonte. Tu en as

parlé dans ta merveilleuse histoire de mercredi. Dans le coin, on l'a lue avec beaucoup d'attention — comme tu pouvais t'y attendre.

— Je n'en ai jamais douté.

— Thomas Bradley. Président du conseil d'administration, Wagnall-Phipps. A épousé Enid Riordan. Deux enfants. Adresse à Southworth. Tu y as aussi fait référence, n'est-ce pas ?

Il sourit à Fletch.

— Tu ne baisses pas facilement les bras, hein ?

— Je devrais ?

Jack lui rendit ses feuilles.

— Je suppose que tout le monde a le droit de sauver son cul — mais pas avant qu'il ait reçu le fouet.

— Je peux utiliser ton téléphone, Jack ?

— Si tu fiches le camp tout de suite, je ne te ferai pas arrêter pour violation de propriété.

— D'accord, d'accord. (Arrivé à la porte, Fletch se retourna et dit :) Jack ?

— Je te vois toujours, fraudeur !

— Tu veux un tuyau ?

— Ouais. Qui va gagner la troisième course cet après-midi à Hialeah ? Te connaissant, tu vas probablement me répondre Trigger.

— Aucune nécrologie.

— Celle de Trigger était splendide. Juste avant que Roy Rogers ne le fasse empailler.

— Ouais, (Fletch montra le terminal du doigt.) Il n'y a pas d'article nécrologique sur Tom Bradley, là-dedans.

— Ça arrive à tout le monde. Nous n'avons pas été convenablement informés. Bradley n'était pas un capitaine de l'industrie américaine.

— C'est intéressant, non ?

— Ponds-nous un bel article sur l'empaillage de Tom Bradley. Seulement, cette fois, fais-le publier par la concurrence. D'accord, Fletch ?

De la salle de rédaction, Fletch fit le numéro de son appartement. Le téléphone sonna sept fois.

Quatre journalistes et un photographe buvaient du café, assis à côté d'Al. Celui-ci avait posé les pieds sur son bureau. A quarante ans, il se plaignait sans cesse de problèmes de jambes et de maux de reins, et se débrouillait toujours pour être envoyé en mission le dernier. La plupart du temps, il tenait salon et propageait les ragots.

Ils avaient échangé de larges sourires à l'entrée de Fletch.

— 'Jour, Irwin, roucoula Al. J' me souviens pas t'avoir jamais vu si tôt un samedi matin. Qu'est-ce qui t'arrive ? On t'a *aussi* jeté du lit ?

— *Téléphone ?* répondit enfin Moxie. Je veux dire, *allô ?*

— Bonjour, mon rayon de soleil.

Fletch tourna le dos aux reporters.

— Fletch, pourquoi me réveilles-tu toujours le matin ?

— Parce que c'est le moment où les gens se lèvent. Sautent du lit. Font leurs exercices respiratoires.

— Je n'ai pas très bien dormi la nuit dernière.

— Tu en écrasais quand je suis parti.

Moxie bâilla dans le combiné.

— Je suis restée longtemps éveillée après que tu te sois abandonné aux bras de Morphée. Je pensais à la pièce. Je te regardais et je réfléchissais à tes ennuis. Je veux dire, Fletch, tu es ruiné.

— Touché mais pas coulé, vieille branche.

— Hier soir, ton rédacteur en chef, Frank, et cette affreuse femme, comment elle s'appelle déjà...

— Clara Snow.

— ... Ne t'auraient pas laissé entrer si je n'avais pas été là. Frank t'aurait jeté dehors et cette Clara t'aurait piétiné la tête avec des talons aiguilles.

— Si c'est une question, la réponse est : oui — je t'utilisais. Tu y vois une objection ?

— Bien sûr que non.

— Frank a toujours un œil pour la beauté. Le gauche, je crois.

— Au fait, j'avais raison.

— A quel sujet ?

— Tu sais, ces poutres apparentes sur la façade ? C'était du plastique.

— Non ! Dire qu'au *News Tribune* il est censé créer des modes, imposer des styles, repérer les tendances ! Comme un vrai rédacteur en chef, quoi.

— Un truc synthétique. Creux, en plus, j'ai tapé dessus pour voir.

— Tu as l'envergure d'une journaliste, Moxie. J'aimerais pouvoir en dire autant.

— Courage, Fletch.

— Je vais beaucoup rouler, cet après-midi. Tu veux venir ?

— Où ça ?

— Rien d'intéressant, la banlieue, je dois voir des gens.

— On vient de passer deux jours ensemble dans une voiture. Une nuit sur une plage. Six sandwiches au beurre de cacahuètes, trois litres de jus d'orange, puis, chez toi, des spaghetti mal égouttés qui baignaient dans de la soupe à la tomate en boîte.

— C'était un dîner aux chandelles...

— Ouais. Merci d'avoir apporté ta vieille lampe tempête. Très romantique. Comme sur un bateau en perdition. Au moins, j'ai pris une douche. Chez Frank, j'ai eu un mal de chien à ne pas me gratter.

— Tu t'en es très bien tirée. Tu t'es à peine tortillée.

— J'allais sûrement pas faire ça devant cette Clara.

— Tu ne veux pas venir avec moi ?

— Non. Je vais essayer de me rendormir quelques minutes. Devrais étudier mon texte.

— Je rentrerai peut-être tard.

— J'irai me promener, si je m'ennuie.

— Parfait. Offre ce plaisir au voisinage. Salut.

— Hey. Y a quelque chose à manger dans cette piaule ?

— A bientôt.

Quand Fletch se retourna, ses collègues le regardaient. Evidemment, ils avaient essayé d'écouter sa conversation.

— Je cherche un sabre pour *hara kiri*, fit-il. Avec un mode d'emploi.

— Fletch... lâcha Al d'une voix traînante.

— Oui, Al ?

— Rends-moi un service, d'accord ?

— Sûr, Al. Je ferais n'importe quoi pour toi. Tu veux profiter de mon influence auprès de Frank ? Pour une augmentation ?

— J'aimerais que tu interviewes quelqu'un à ma place.

Al jeta un clin d'œil aux hommes assis autour de lui.

— Pas de problème, Al. Qui ça ?

— Dwight Eisenhower. Le vieux Ike a peut-être encore des trucs à dire.

— Je m'en occuperai avant de déjeuner, promis, Al.

— Et Napoléon ? demanda le photographe.

— Déjà réalisé le mois dernier, annonça Fletch. Merci d'être un fidèle lecteur du *News Tribune*.

— Tu as obtenu de bonnes vieilles confidences saignantes ? s'enquit Al.

— Il s'est vraiment déboutonné sur Joséphine.

— Ouais ? Qu'est-ce qu'il a raconté sur elle ?

— Quelle portait des bigoudis au lit. C'est pourquoi il passait tant de temps sur les champs de bataille.

— Je t'assure, Fletch, intervint celui qui s'appelait Terry. Tu pourrais trouver du boulot dans l'un de cès magazines du surnaturel. Tu sais ? *Une conversation avec Abraham Lincoln.* Ce genre de machins.

— Et le journal d'un syndicat des pompes funèbres, tu y as pensé ? gloussa le photographe. Tu tiendrais la page *Consommateurs*.

— Marrez-vous, les gars.

— Ou alors, cite encore Thomas Bradley, grogna un vieux journaliste sans sourire.

Fletch jeta un coup d'œil à la grosse horloge murale.

— Il vaut mieux que je me dépêche, si je dois aller à ce rencart au *New York Times*. Faut pas que je les fasse attendre trop longtemps. Ils cherchent un nouveau rédac chef, vous savez.

— Non, Fletch, on n'en avait pas entendu parler, dit le photographe.

— Ernie Pyle devrait emporter le morceau. Ou bien H.L. Mencken, fit Terry.

Al interpella Fletch quand il quitta la rédaction.

— Tu ne vides pas ton bureau ?

— T'es fou ? Je reviendrai.

— Ouais, dit le journaliste qui ne rigolait plus. Dans ta prochaine vie.

CHAPITRE IX

— Bon sang, je déteste ça, râla Tom Jeffries.

Il reposait sur un lit à roulettes chromé, dans le minuscule patio derrière sa maison. Il ne portait qu'un short et un plâtre à armatures métalliques de la taille au menton. Son amie, Tina, assise sur un tabouret, lui faisait manger des œufs brouillés à la petite cuillère. Elle était habillée d'une robe légère qui ne cachait pas grand-chose.

— Tout ce que j'avale se coince dans ma gorge. Donne-moi encore du jus d'orange, s'il te plaît, Tina.

Elle tint le verre devant son nez et plaça la paille entre ses lèvres.

— Le deltaplane a l'air d'un sport super, constata Fletch.

Il était installé sur la table de pique-nique, ses pieds nus posés sur le banc.

— Oui, c'est très agréable, répondit Tom. Tu te sens bien. Tu planes comme un oiseau...

— Les oiseaux se cassent souvent la colonne vertébrale ? demanda Fletch.

— Les atterrissages sont parfois très durs, intervint Tina. C'était le dernier vol de Tom avant notre mariage, samedi prochain.

— Ouais, fit Tom, en souriant à la jeune femme. J'allais laisser tomber parce que Tina me l'avait demandé, sous prétexte que je risquais de me blesser. Tu vois ce qu'elle a dans la tête, cette petite.

— La cérémonie est annulée ?

— Non, expliqua Tom. Au lieu d'une queue-de-pie, Tina me fera un beau nœud sur le cul avec un ruban rouge.

— Ce sera chouette, dit Fletch. Au moins, elle saura ce qu'elle épouse. Combien de temps resteras-tu empaqueté comme ça, dans ton plâtre et ton alu ?

— Des semaines, grogna Tom. Des mois.

— Nous serons mariés longtemps, fit tranquillement Tina. Quelques mois de plus ou de moins n'ont pas d'importance...

Elle avait proposé un petit déjeuner à Fletch qui avait faim, mais il avait refusé, estimant qu'elle avait déjà assez à faire avec Tom.

— Tu es au courant de mes problèmes ? demanda Fletch à son ami.

— Ouais. Jake Carradine m'a appelé. Au début, j'ai cru à une blague. Puis j'ai réalisé qu'il ne se marrait pas du tout. Quelqu'un a publié ton papier dans ses pages pendant son absence. Tu as fait parler un mort, Fletch.

— Et on m'a viré.

— Exact. Et moi, je passe pour le meilleur. (Tom lui sourit.) Ça ne me dérange pas vraiment, vu les circonstances présentes. Ce job est ma seule sécurité financière. Tu t'es royalement planté sur une affaire qui, au départ, me revenait.

— Tom, donne-moi une seule raison pour que Charles Blaine me montre des notes récentes rédigées, d'après lui, par Thomas Bradley.

— Sûr. C'est un vicieux. Ils le sont tous à Wagnall-Phipps. Bradley l'était aussi.

— Comment ça ?

— Sais pas. Bradley se retranchait très loin, au fond de lui-même — quelque part du côté de ses vertèbres lombaires. Il ne m'a jamais semblé très réel, si tu vois ce que je veux dire. Chacun de ses mots et de ses gestes avait l'air calculé. Il se protégeait beaucoup, et donnait toujours l'impression qu'il cachait quelque chose — c'est pourquoi nous avons enquêté sur les manœuvres financières de sa boîte, il y a deux ans. Bizarre. Il nous rendait suspicieux. Et en effet, il a magouillé et construit ce chalet à Aspen où ni lui, ni aucun membre de Wagnall-Phipps n'ont jamais mis les pieds. Il était son pire ennemi.

— Tu veux du café, Tom ? demanda Tina.

— Un déca tiède bu à la paille, ah non !

— Et toi, Fletch ?

— Non, merci beaucoup, Tina.

— Alors, je vais faire la vaisselle. Salut !

— Bradley n'est pas allé dans ce chalet ? dit Fletch.

— Non. Il n'avait rien d'un athlète.

— Comment le sais-tu ?

— Notre vérification à propos des utilisateurs de cette baraque a été quasi exhaustive : uniquement des politicards et des courtiers. Il n'y a même pas emmené ses gosses. Parfois, le chef du service commercial y jouait l'hôte pour un week-end de beuveries. Si tu skies et que tu as une bicoque à ta disposition, tu en profites, non ?

— Je suppose.

— Le passe-temps de Bradley, c'était la mosaïque. Un certain talent. Il avait quelques belles pièces dans son bureau.

— Comment est-il devenu le président de Wagnall-Phipps ? Affaire de famille ?

— Non. Au départ, Wagnall-Phipps était une boîte de distribution, qui avait sans doute joué le jeu honnêtement, et s'était retrouvée en faillite. Bradley en est devenu propriétaire en payant les dettes... Il n'y a sûrement pas mis beaucoup de liquide. Puis il a bradé l'ensemble des stocks. Je suis persuadé qu'il a augmenté les prix, mais il s'est assuré que tous ses intermédiaires touchent un pot-de-vin. Il s'est donc retrouvé avec une trésorerie supérieure à son investissement originel. Il a donc acheté davantage de marchandises et d'entrepôts — il avait le pied à l'étrier.

— A quelle époque ?

— Oh, disons une vingtaine d'années. Puis, chaque fois que l'un de ses fournisseurs était en difficulté il acquérait la totalité des actions, ou une part majoritaire. C'est ainsi que Wagnall-Phipps est devenue un holding, propriétaire d'un tas de petites entreprises hétéroclites, fabriquant des poubelles, des balais pour les trottoirs, ou des clous, des machins comme ça. Personne n'a jamais dit que Bradley n'était pas intelligent. Et, bien sûr, c'est toujours une grosse société de distribution. Tu devrais savoir tout ça, Fletch. Tu as fait un papier là-dessus la semaine dernière. Tu t'en souviens ?

— Comment pourrais-je l'oublier ?

— Blaine, le trésorier, est une espèce de dinde. J'ai discuté avec lui. Il a constamment l'air un peu embrouillé, largué. Tu sais, ce genre de gars qui veut bosser de neuf à cinq et rentrer chez lui. Corcoran, ça va. Au moins, il te regarde en face quand il te parle.

— Alexandre Corcoran, le directeur ?

— Un bon point pour toi, Fletch. Tu lui as causé ?

— Non. Blaine m'a dit qu'il était quelque part à un tournoi de golf.

— Blaine a donc été ton unique contact ?

— J'en ai peur.

— Enfin, Fletch. On ne fait pas un article avec une seule source.

— Explique-toi, allez.

— Désolé. Tu n'as pas besoin que je me mette, moi aussi, à te taper sur la tête. Un jour, je te raconterai les erreurs que j'ai commises.

— D'après ce que j'avais compris, j'étais chargé de faire le point sur une petite compagnie que le *News Tribune* avait déjà traînée dans la boue. Pourquoi aurais-je dû parler à d'autres que lui ? Ses informations et ses statistiques étaient forcément quelque part dans les archives fédérales. J'étais sûr de moi. Pour quelle raison m'aurait-il raconté des histoires ?

— Les Blancs mentent. Les Noirs aussi.

— Merde, j'arrive pas à piger. Tom, on t'avait dit que Thomas Bradley était mort ?

— Sais pas. Je ne m'en souviens pas. Si on avait mentionné ce fait en ma présence, ce serait entré par une oreille et sorti par l'autre. Cette société emploie deux ou trois mille personnes, pas plus. Elle n'est pas cotée en bourse. Wagnall-Phipps, c'est plouc-ville. Nous lui avons consacré cette enquête, il y a environ deux ans, pour prouver que les gigantesques corporations n'étaient pas les seules à distribuer des pots-de-vin.

— A qui appartient-elle alors ?

— Uniquement à Bradley, je crois. A lui et à sa femme. Corcoran a peut-être une part, mais j'en doute. Je n'ai pas beaucoup senti d'esprit de famille chez eux, tu vois, ce *on-est-tous-dans-le-bain* que l'on rencontre parfois dans certaines petites boîtes. Bradley était trop introverti pour ça. Trop indépendant. Et Corcoran — appelle-le directeur si tu veux — était en réalité le chef des ventes. Il ne dirigeait rien du tout. C'était Bradley qui tenait la barre. Il a donné ce titre-là à Corcoran pour qu'il soit plus efficace...

— Et le reste ?

— Que veux-tu dire ?

— Comment Bradley a-t-il pu mourir sans qu'on s'en aperçoive ?

— Ça arrive à des gens bien.

— Il n'était donc important pour personne ?

— Sa femme. Ses gosses. Sa société. Pourquoi quelqu'un d'autre s'en serait-il soucié ?

— Les bonnes œuvres ? Les clubs ? Tu fais bien du deltaplane...

— J'en *ai fait.*

— D'accord. Bradley ne jouait ni au golf ni au tennis ? Tu m'as dit que ce n'était pas un athlète.

— Il m'a paru mou. Pas le genre de type qui pratique un sport. Peut-être était-il malade ?

— La politique ? Tu crois qu'il ne vivait que pour son boulot ?

— Je ne le connaissais pas beaucoup, et ne l'ai rencontré qu'à son bureau. Il parlait très doucement. Il fabriquait ces fameuses mosaïques. C'était pas mal, mais je ne vois pas qui ça pouvait intéresser. Je ne comprends pas ce que tu cherches, Fletch.

— A trouver une prise sur ce gars-là.

— Essaie le cimetière.

— Très drôle. Je veux savoir pourquoi Blaine m'a raconté ces bobards.

— Interroge-le.

— Je n'y manquerai pas.

— Ecoute, Fletch, enculer la presse n'est pas un jeu nouveau. Lui fournir volontairement de fausses informations pour les démentir plus tard et la tourner en ridicule ? C'est habituel. Tu es au courant.

— Faire croire qu'un mort est vivant ?

— Celle-là est bizarre, admit Tom.

— Il y avait des gosses au milieu. Ceux de Bradley. On a dû leur dire : *J'ai vu le nom de votre papa dans le journal l'autre jour. Quelle chance vous avez !* Merde, Tom, c'est plutôt cruel.

— Dégueulasse, même.

— Qui y trouvait son compte ?

— Demande-le au coupable.

— Ouais. (Fletch descendit de la table.) Je te souhaite un heureux mariage.

— T'inquiète. Tina pourra toujours affirmer que j'étais à plat ventre devant elle pour l'épouser.

— Besoin de rien avant que je parte ?

— Si. Dis-lui qu'elle amène ici ses mains noires pour m'éponger. Je n'en peux plus.

CHAPITRE X

James St. E. Crandall avait soixante-dix ans et le dos voûté.

Il se tenait sous le porche d'une maison minable à Newtowne, les mains dans les poches de son pantalon vert foncé tout déformé. Il n'avait pas quitté Fletch des yeux une seconde depuis que ce dernier s'était garé dans l'allée poussiéreuse.

— Bonjour.

Fletch lui sourit en s'approchant des marches.

— J'en veux pas ! fit Crandall.

— De quoi ?

— Quoi que vous ayez.

— Vous ne savez pas ce que c'est.

— Pas envie de savoir.

— Vous êtes sûr ?

— Absolument. Vous pouvez remonter dans votre tas de ferraille et poursuivre votre chemin.

— Vous êtes James St. E. Crandall ?

— Pas vos oignons.

— Vous êtes James St. E. Crandall ou non ?

— Vous voulez que j'appelle les flics ?

— D'accord. J'attends.

De petites rides apparurent autour des yeux de Crandall.

— Qu'est-ce qui vous fait croire que vous avez le droit de poser des questions ?

— J'ai le droit de me renseigner sur *tout*.

— Qui a dit ça ?

Fletch sourit.

— Pourquoi posez-vous la question ?

— Vous n'êtes qu'un petit con.

— C'est possible.

— Vous portez même pas de chaussures. Comme ça, dans la poussière, vous ressemblez à un clodo. D'où vous sortez ? Vous allez à l'église ? Où vous avez pêché mon nom ?

— Ainsi, vous êtes bien James St. E. Crandall.

— Peut-être.

— Si c'est vous, j'ai trouvé votre portefeuille.

— L'ai pas perdu.

— Votre étui de passeport.

— J'ai jamais eu de passeport. Et encore moins d'étui.

— Avez-vous récemment séjourné au *Park Worth Hôtel* ?

— Pas bougé de chez moi.

Fletch examina le bungalow. On avait passé une couche de peinture si fine que le bois était rongé par les intempéries. Sous le porche, il n'y avait qu'un fauteuil à bascule, avec un coussin éventré.

— Vous avez raison, je pense que vous n'êtes jamais allé dans cet hôtel.

— Connais pas.

— Avez-vous un fils, ou un petit-fils nommé James St. E. Crandall ?

— Ça vous regarde pas.

— Ecoutez, monsieur. J'ai trouvé ce portefeuille, vous voyez ? Avec de l'argent dedans. Et le nom James St. E. Crandall. J'essaie simplement de le rendre à son propriétaire.

— M'appartient pas. Je vous le répète.

— Celui de votre fils ?

— Jamais eu d'enfants. Ma foutue femme est morte il y a trente ans. Qu'elle pourrisse en enfer ! Aucun neveu non plus. Et si j'en ai, j'espère qu'ils agonisent en prison.

— Vous êtes un type sympathique. Vous allez à l'église ?

— Bien sûr.

— Vous n'avez pas entendu parler de quelqu'un d'autre qui s'appellerait James St. E. Crandall ?

— Je m'en taperais de toute façon.

— Désolé de vous avoir dérangé. C'était chouette de passer ce petit moment avec vous.

— Faites-moi voir votre permis et votre carte grise, dit l'agent.

Fletch n'était pas encore sorti de Newtowne quand la voiture de police arriva derrière lui, fit hurler sa sirène et l'obligea à stopper.

Il lui tendit ses papiers.

— Irwin Maurice Fletcher... C'est quoi ce nom ?

— Un nom puant. Mes parents attendaient un putois.

— Ça a marché ?

— Non, ce fut un brave garçon.

— Et quel genre d'embrouille ce gentil petit gars monte-t-il en ce moment ?

— Je pige pas...

Le policier gardait les papiers de Fletch.

— Vous allez chez quelqu'un, vous lui dites que vous avez trouvé son portefeuille avec de l'argent dedans. Expliquez-moi où est l'arnaque.

— Bon sang ! Crandall a bien téléphoné aux flics !

— Vous occupez pas de nos informateurs.

— Quel râleur !

— Vous voulez venir vous expliquer au poste ?

— Non, ici.

— Je vous écoute.

— J'ai trouvé ce portefeuille appartenant à James St. E. Crandall. Pas d'adresse. J'essaie de retrouver son propriétaire. J'ai demandé à James St. E. Crandall que vous avez ici, dans votre ville, et il m'a jeté. Puis vous a prévenu.

— Faites-moi voir le portefeuille.

— Pour quelle raison ?

— Vous éviter d'être arrêté pour tentative d'escroquerie.

— Vous n'avez pas de preuve suffisante.

— Vous éviter d'être arrêté pour avoir conduit pieds nus.

— Je ne risque qu'une contredanse.

L'agent remplit un formulaire en copiant le permis de conduire de Fletch.

— Vingt-cinq dollars d'amende.

— Ne prenez pas votre retraite avant d'avoir reçu mon chèque...

Le policier lui donna sa contravention.

— Faites-moi voir le portefeuille.

— Non.

— Vous quittez la ville ?

— J'essaie.

Il lui rendit enfin ses papiers.

— Ne t'arrête pas en route, Irwin.

— Bien, monsieur.

— Au fait, tes parents ont vraiment donné naissance à un putois ! Comment tu appellerais quelqu'un qui embobine des personnes âgées ?

— Je ne l'appellerais pas, répondit Fletch. J'attendrais qu'il m'appelle, moi.

CHAPITRE XI

Fletch sentit l'odeur de steak grillé à travers la moustiquaire de la maison de Blaine. Il n'avait qu'un café dans l'estomac.

— Salut, beau mec, dit la femme.

Elle examina les pieds nus de Fletch, sourit, puis laissa errer son regard sur le corps du jeune homme.

— Que puis-je faire pour toi ?

Habillée d'un pull à col roulé jaune, d'un pantalon serré et de pantoufles, elle avait la soixantaine opulente.

— M. Blaine va bien, aujourd'hui ? demanda Fletch.

— Comment je le saurais ?

Elle avait des yeux bruns très vivants.

— Ce n'est pas son domicile ?

— Si.

— N'a-t-il pas la grippe ?

— J'espère que non. Ça ruinerait ses vacances.

— Il est en congé ?

— San Orlando. En bas de la côte mexicaine. Il est déjà allé au Mexique, il y a environ deux ans.

— Excusez-moi. Je m'explique mal. Ça m'étonne, parce qu'on m'avait dit qu'il était malade. Mon nom est Fletcher, du *New Tribune*. M. Blaine m'a aidé pour un article sur Wagnall-Phipps, la semaine dernière. Quelque chose n'allait pas, et je me suis dit qu'il valait mieux que je revienne en discuter avec lui.

— Fletcher, Fletcher... Tu es l'auteur de ce reportage sur les artistes de l'arnaque que sont certains directeurs des pompes funèbres ?

— Non.

— Croyais connaître ton nom. Tu veux manger ?

— Bien sûr.

— Bonne réponse. Les vrais hommes sont constamment affamés. Je fais un steak.

— Wow !

— Tu vas dire que c'est vraiment gentil de ma part, hein ?

— Ouais.

— Inutile. Nourrir un gars qui a faim procure un grand plaisir à la femme que tu as devant toi. Moi, c'est Gina Gay.

— C'est vrai que vous êtes gaie. Que vous avez l'air heureuse, je veux dire.

— Absolument ! (Elle le fit traverser le salon et la salle à manger jusqu'à la cuisine.) J'ai perdu un mari et deux enfants dans trois accidents différents.

— C'est abominable.

— Oui. Mais ça ne m'empêche pas d'être joyeuse. Je suis née enjouée, sans doute. (Elle mit trois morceaux de viande sur le gril.) Ça doit avoir un rapport avec l'équilibre chimique de mon corps. Les glandes ou un truc comme ça. Je connais des gens qui n'ont pas de problèmes particuliers, et qui sont toujours tristes.

Elle avait haussé la voix pour couvrir le grésillement de la viande.

— Aucune aptitude pour le bonheur, tout simplement. Moi, je me réveille tous les matins à cinq heures et demie, et le soleil chante déjà dans mon cœur. Je cours à la fenêtre voir ce que ce nouveau jour me réserve. Pourquoi tu ne t'assieds pas ?

Fletch s'installa à la petite table de la cuisine.

— Je suis la tante de Mary Blaine. Tu connais Mme Blaine ?

— Non. Je n'ai rencontré que son mari. A son bureau.

— Je garde la maison. (Elle retourna le steak.) Ça permet au jus de rester à l'intérieur. Ils m'ont appelée jeudi midi pour me dire qu'ils avaient l'occasion de filer à Mexico, et me demander si je pouvais venir tout de suite. J'étais ravie. Tu devrais voir mon appartement. Ou plutôt non. Il est si petit que si je prends encore cinq kilos, je ne pourrai même plus me rendre visite.

— Ils n'avaient pas prévu de partir ?

— J'ai l'impression. Quand on a mangé ensemble samedi dernier, ils ne m'en ont pas parlé. C'est pas le style de Charley. Il se prépare une heure et demie avant quand il fait un saut à l'épicerie. Il écrit sa liste, la vérifie deux fois, compte son blé et change de vêtements. Je te jure, on a envie de l'engueuler. Suis arrivée jeudi midi et les ai emmenés à l'aéroport. Ils ont pris le vol de trois heures trente.

— Je vois, jeudi sa secrétaire prétendait qu'il était grippé.

— C'était peut-être vrai. Il avait l'air pâle et ne disait pas grand-chose. Remarque, c'est toujours comme ça, avec lui.

— Ils sont partis pour combien de temps ?

— Deux semaines ou trois. M'ont dit qu'ils me préviendraient. Qu'est-ce qui n'allait pas avec votre article ?

— C'est ma faute. Je n'ai pas vérifié quelque chose qui me semblait évident.

— Vous avez des ennuis à cause de ça ?

— Non. J'ai été viré.

Gina mit les trois morceaux de viande dans des petits pains ouverts et empila le tout sur une assiette.

— Si quelqu'un vous a donné un tuyau crevé, dit-elle, ce n'était pas Charley. Il en est incapable. Je le connais depuis vingt ans. Il est trop terre à terre pour mentir.

(Elle posa la nourriture devant Fletch.) Sa manie de vouloir connaître l'exacte vérité sur tout est infernale. *Combien ça coûte, de quelle boutique ça vient, qui on a rencontré et qu'ont-ils raconté...* Mary et moi, ça nous rend folles. Qui se soucie de ces détails, à part Charley ?

Fletch regarda les steaks et demanda :

— C'est pour moi, tout ça ?

— Y en a trop ?

— Non.

— Tu veux du lait ?

— S'il vous plaît.

— Mary est comme moi, elle prend la vie comme elle vient. En fait, comparée à Charley, la Statue de la Liberté ressemble à un clown.

— C'est bon, constata Fletch, la bouche pleine. Charley travaille pour Wagnall-Phipps depuis une vingtaine d'années ?

— Non. Quatre ans. Avant, il était chez I.B.M.

Gina lui donna le verre de lait et s'assit en face de Fletch.

— Tu ne connais pas très bien Charley ?

— Pas du tout, vous voulez dire.

— Quand on lui sort une blague, il préfère l'analyser au lieu de rire. Ensuite, il l'explique à celui qui l'a racontée... J'aime bien Charley. Il m'intrigue. Je crois qu'il a le métabolisme d'un bout de calcite.

— C'est quoi un boude-calcif ?

— Un minéral. J'aurais dû dire : un morceau de basalte. T'as assez de ketchup ?

— Merci. Vous avez déjà rencontré les Bradley, Gina ?

— Le patron de Charley ? Ouais. Deux ou trois fois, quand Charley a commencé à travailler à Wagnall-Phipps. Je ne les ai plus vus depuis, disons, trois ans. Ils ne sont pas très liants. Ils ont échangé quelques invitations avec Mary et Charley — tu sais, ces inévitables politesses entre un patron et son nouvel employé — puis tout le monde s'est replié dans son petit trou. Quelle bande de cruches !

— Vous êtes allée à l'enterrement de Tom Bradley ?

— Comment veux-tu t'apercevoir de la mort d'un type comme ça ? (Elle s'esclaffa.) Faut pas que je sois méchante, j'ai conduit ma fille au cimetière il y a à peine un an et demi. Je savais que Bradley était malade. Il faisait de fréquents séjours à l'hôpital et allait consulter des spécialistes de la Côte Est. Il était si mal en point que sa femme dirigeait la société. Je n'aurais d'ailleurs pas cru qu'elle en serait capable, même avec Charley et Alex. Alex Corcoran, le directeur de Wagnall-Phipps. Alex a du punch. Tu sais, quand tu te paies trois décès, comme moi, les gens hésitent à t'annoncer d'autres morts. Et ils ne t'invitent pas à toutes les funérailles, tu comprends.

Fletch mordit dans son troisième hamburger.

— C'est bon.

Les yeux de Gina souriaient.

— Très agréable de regarder un homme dévorer.

— Ce serait chouette que vous popularisiez cette idée.

— Pas encore marié, Fletcher ?

— Divorcé.

— A ton âge ? Qu'est-ce qui t'est arrivé ? Ta femme ne trouvait pas à mettre la main sur le mode d'emploi de ton épingle à nourrice ?

— Quelque chose comme ça.

— Elle ne te donnait pas assez à manger. L'orgueil des filles d'aujourd'hui le leur interdit. Pour la même raison, elles ne laissent plus payer à l'homme les notes de restaurant. C'est pourquoi tout le monde meurt de faim.

— Parlez-moi de Thomas Bradley, Gina. De quoi souffrait-il ?

— J'ai oublié. Un de ces trucs à long terme... Qu'est-ce que ça pourrait bien être ?

— Sais pas.

— Un gars plutôt mince, pas plus gros que sa femme. Il racontait sans arrêt des blagues cochonnes que j'aimais bien parce qu'elles avaient quelque chose de particulièrement dégueulasse dans sa bouche. Peut-être parce que c'était un patron ? J'ai toujours eu l'impression qu'elles gênaient Enid. Elle riait, mais comme si elle y était obligée.

— Elle les avait déjà entendues ?

— C'est possible. Je ne les ai pas assez fréquentés. (Elle jeta un coup d'œil à la pendule.) Faut que j'y aille.

— Oh. D'accord. (Fletch finit son verre de lait.) Je peux faire quelque chose pour vous, Gina ? Vous déposer quelque part ?

— Non, merci. (Elle débarrassa la table.) Je prends ma guitare et je pars.

— Votre guitare ?

— Ouais, je l'emporte toujours quand je vais à la maison de retraite. Je joue pour les vieux et nous chantons. Certains d'entre eux se débrouillent bien. La voix d'un vieillard est parfois très belle. Dommage que personne ne s'en aperçoive.

Elle disparut dans la chambre. Fletch l'attendit dans l'entrée.

— Nous y sommes ! clama-t-elle, l'étui de son instrument dans une main et quelques exemplaires de *The National Review* dans l'autre.

Fletch lui ouvrit la moustiquaire.

— Tu n'as qu'à claquer la porte derrière toi.

— Merci beaucoup pour le déjeuner, Gina.

— Tout le plaisir était pour moi.

— Passez un bon après-midi.

— Sûr, je suis obligée de refiler un peu de ma joie de vivre. J'en ai trop pour moi toute seule.

CHAPITRE XII

A Soutworth, Fletch longea la résidence des Bradley, vit leur Cadillac dans l'allée, et, deux villas plus loin, repéra un homme qui peignait un voilier sur une remorque. Il traversa ce ghetto pour cadres supérieurs et rejoignit la route principale. Là, il tourna à gauche, s'arrêta à une station-service, prit un pantalon, une veste, une chemise, des mocassins et des chaussettes dans le coffre de sa M.G. et se changea dans les toilettes.

Puis il retourna dans la rue qu'habitaient les Bradley et se gara à quelques maisons de distance.

Il revint à pied jusqu'au garage où travaillait le type en short, dont le tee-shirt était plein de peinture.

— Salut, dit Fletch, c'est un bateau en bois.

L'autre lui sourit.

— Ça, c'est sûr.

Il approchait de la quarantaine et avait des taches de rousseur sur le nez.

— Il est à moi et ne vous appartiendra jamais. Pas à vendre.

Il avait protégé le sol avec des sacs-poubelles verts, mais il n'y avait guère de bavures.

— Je suis dans l'immobilier, expliqua Fletch. Je dois vous poser une question que je déteste.

— Ma maison n'est pas à vendre non plus.

— Pas la vôtre, celle des Bradley... Quand nous

entendons parler du décès d'un chef de famille, nous sommes obligés de nous renseigner si la maison risque d'être mise sur le marché. Du moins, mon patron prétend que c'est à moi de le faire.

— Vous travaillez pour quelle agence ?

— South Southworth Realty, dit Fletch d'une façon qui pourrait laisser croire qu'il bégayait.

— Vous bossez pour Paul Krantz ?

— Ouais.

— Je le connais. Il a été de bon conseil pour mon père, il y a quelques années.

— C'est un mec sympa.

— Vous préférez demander les intentions de la veuve à un voisin plutôt qu'à la veuve elle-même ?

— Pas vous, si vous étiez à ma place ?

— Oui. Sauf que le voisin n'en sait peut-être rien.

— Votre opinion sera toujours meilleure que la mienne.

L'homme appliquait consciencieusement une épaisse peinture blanche.

— Tom Bradley est mort ? demanda-t-il enfin.

— Nous l'avons entendu dire.

— C'est bien ce que je pensais. En fait, j'étais au courant. Puis je suis tombé sur un article dans lequel il semblait très vivant. Je n'en ai pas cru mes yeux. Je l'ai parcouru deux fois, puis je l'ai montré à ma femme. Histoire de voir si je n'étais pas devenu fou.

— Ouais.

Fletch dansa d'un pied sur l'autre.

— Vous l'avez lu ? demanda le peintre.

— Je ne m'intéresse pas aux pages financières, répondit Fletch. Peut-être que j'ai tort.

— Elles ne sont pas très bonnes, dans ce journal, d'ailleurs. Celles des sports sont mieux.

— Tom Bradley est mort ou non ?

— Enid Bradley l'a dit.

— Quand ça ?

— A une soirée. Nous en organisons une tous les ans

à Noël, pour les gens du coin. Nous invitons les Bradley — puisqu'ils vivent ici. Ils ne sont jamais venus. Mais cette année, Enid nous a fait l'honneur de sa présence. Ma femme m'a pris à part à un moment quelconque de la fête, pour me demander si je savais que Tom Bradley était décédé, parce qu'Enid venait de le lui apprendre. Je suis allé discuter avec la veuve. Je n'étais pas au courant. Nous ne sommes pas très intimes avec les gens du quartier, mais bon sang, quand un gars passe l'arme à gauche juste à côté de chez vous, vous vous attendez tout de même à en entendre parler.

— Enid Bradley vous a annoncé que Thomas Bradley était mort ?

L'homme cligna des yeux dans le soleil en regardant Fletch.

— Enid Bradley m'a annoncé que Thomas Bradley était mort, répéta-t-il mot pour mot. A Noël dernier. Et puis je vois ce truc dans le journal. Vous comprenez ça ?

— Ah, un quotidien peut se tromper.

— Allons. Citer un macchabée ?

— Je présume que ça doit arriver.

— Pouvez me dire comment ?

— J'aimerais bien, assura Fletch. Si Mme Bradley affirme que son mari est décédé...

— ... C'est qu'il doit l'être. D'accord ?

— Ils ont deux enfants, n'est-ce pas ?

— Ouais.

Fletch attendit mais l'autre n'ajouta rien. Il en conclut que le voisinage ne ressentait pas un enthousiasme délirant pour les jeunes Bradley.

— Beau bateau, murmura finalement Fletch pour relancer la conversation. Vous en prenez bien soin.

— Vu que vous travaillez pour Paul Krantz, que je considère comme un ami, je peux vous dire que les Bradley ne sont pas les propriétaires les plus populaires des environs.

— Je vois.

— Je resterais poli en affirmant qu'ils sont bruyants.

— Bruyants ?

— Ils avaient des problèmes, je suppose. On crie au milieu de la nuit, on claque les portes, les gosses font hurler les pneus en s'en allant à trois heures du matin. Et de temps en temps, une fenêtre vole en éclats...

Fletch jeta un coup d'œil autour de lui. Toutes les maisons étaient construites très loin de la rue et à de grandes distances les unes des autres.

— C'était audible de si loin ?

— On ne le croirait pas, hein ? Et à discuter avec Enid, vous la preniez pour la petite dame la plus tranquille, la plus effacée que vous ayez jamais rencontrée. Mais parfois, le soir, nous l'entendions beugler comme un porc qu'on égorge. Des vociférations hystériques. Par contre lui n'élevait jamais la voix. (Il touilla rêveusement la peinture avec son pinceau.) Tom Bradley a essayé de se suicider il y a deux ou trois ans.

— Vous en êtes certain ?

— L'équipe de secours est arrivée tôt un dimanche matin. Nous l'avons vu entrer chez eux avec les appareils de premiers soins, puis l'emmener, sanglé sur un brancard. Tout le quartier y a assisté. Et ce n'était sûrement pas un accident. La nuit précédente, sa femme n'avait pas cessé de vociférer.

— Peut-être était-il malade ? dit Fletch. Peut-être venait-il d'apprendre qu'il était incurable ou quelque chose comme ça ? Depuis, il est mort, non ?

— Je ne sais pas. En tout cas, ces espèces de braillements retentissent dans cette maison depuis que nous sommes installés ici. Six ans. Cette famille avait de graves difficultés. On en trouve partout, j'imagine, dans les quartiers chics, comme dans les bidonvilles. Même si on est désolé pour eux, que peut-on y faire, bon sang ?

— Et ça s'est calmé depuis la mort de Tom Bradley ?

— Ouais. Tout à fait. Les enfants vont et viennent, mais ils ne font plus un boucan du diable. Elle — je veux dire Enid — elle part désormais travailler presque chaque jour, du moins d'après ma femme. Quelqu'un m'a raconté qu'elle essayait de faire tourner la boîte de son mari — j'ai oublié le nom, oh, ouais, le *News Tribune* l'appelait Wagnall-Phipps —, jusqu'à ce qu'elle puisse la transmettre à une personne de confiance. Mais si le *News Tribune* dit *Wagnall-Phipps*, ça peut très bien être n'importe quel nom, y compris *Smith, Smith, and Smith*.

— Ouais, approuva Fletch. Le *News Tribune*. Pouah ! Quel journal tocard.

— Les pages sportives sont bonnes.

— Mme Bradley n'a pas parlé de vendre la propriété ?

— L'ai pas vue depuis Noël. Elle vit à deux maisons d'ici, mais les gens des environs n'ont jamais eu de relations suivies avec eux. Nous avons supporté trop longtemps leur chahut. Nous sommes gênés, sans doute. Vous comprenez.

— Evidemment.

— Je serais heureux que vous alliez demander à Mme Bradley si elle déménage. Ça lui en donnerait peut-être l'idée.

— Ouais.

— C'est un coin agréable, ici. Ça serait génial d'avoir une famille sympathique à côté, qui ne nous mette pas mal à l'aise, quand nous la croisons.

Il approcha son pot de peinture de la poupe du bateau.

— Dites-lui que sa maison vaut beaucoup d'argent et que vous pouvez lui trouver un bel appartement plus près du centre ville, parfaitement insonorisé.

CHAPITRE XIII

— Voulez-vous boire quelque chose, monsieur Fletcher ? demanda Enid Bradley.

— Non. Merci.

— Je pense que je vais prendre un verre.

Fletch était assis sur le large divan du salon. Par la baie vitrée on voyait briller l'eau d'une piscine de dimensions respectables.

Enid Bradley traversa la pièce jusqu'au bar camouflé en bibliothèque, et se servit du vin blanc.

— Vu qu'en ce moment je vais tous les jours au bureau, ce n'est pas grave si je me détends avec un peu d'alcool le samedi après-midi, n'est-ce pas ? Les hommes n'utilisent-ils pas toujours cette excuse pour boire le week-end ?

— Non.

— Vous êtes plus jeune que je ne pensais, monsieur Fletcher.

Fletch trouvait qu'Enid Bradley avait l'air tendue. Elle faisait semblant d'être décontractée. Ses yeux avaient été trop inquisiteurs, quand elle lui avait ouvert la porte ; et son soupir trop profond quand il s'était présenté. C'était une femme un peu grosse, la quarantaine bien entamée. Elle portait une robe démodée et des souliers à talons hauts. Il n'avait pu imaginer à quoi elle s'occupait avant que ne retentît le coup de sonnette. Elle était sans doute debout quelque part dans la maison, l'attendant anxieusement, lui ou n'importe quel autre visiteur menaçant.

Elle s'installa dans un fauteuil près d'une desserte incrustée de minuscules émaux multicolores.

Fletch posa un doigt sur la mosaïque.

— C'est l'œuvre de votre mari ?

— Oui.

— Très joli.

— Il y en a plusieurs. Dans le bureau, dans la chambre, et sur une table près de la piscine. (Ses paupières se baissèrent lorsqu'elle se tourna vers la lumière du dehors. Elle fit un signe de la main.) Et puis, il y a aussi celle-ci, sur le mur.

Un immense panneau de cercles concentriques dont les teintes allaient en se dégradant à partir du centre s'étalait sur le mur au-dessus de la cheminée.

— Je ne vous en veux pas d'être venu me voir, monsieur Fletcher. J'ai été blessée, mais j'ai éprouvé aussi une certaine curiosité. J'ai lu votre article dans le *News Tribune* de mercredi. Je n'ai pas pu faire autrement que d'appeler votre rédacteur en chef, car c'était trop bouleversant pour mes enfants, et bien sûr, pour nos employés.

— Je le regrette.

— Pourquoi avez-vous inventé cette histoire ?

Fletch la regarda sans rien dire.

— Nous ne poursuivons pas le journal. Quel intérêt ? Je n'ai même pas demandé à votre patron, ce M. Jaffe, de passer un démenti car je ne voyais pas comment je l'aurais rédigé... *La récente enquête sur Wagnall-Phipps Incorporated de I. M. Fletcher a cité feu Thomas Bradley par erreur...* ? Cela aurait accentué la confusion et la peine.

— Si vous laissiez le *News Tribune* publier une nécrologie de votre mari ? Ils ne l'ont jamais fait.

— C'est un peu tard, maintenant, non ?

— Quand, M. Bradley est-il mort, exactement ?

— Il y a un an ce mois-ci.

— Un an ! soupira Fletch. J'ai eu sous les yeux des notes de lui, datées de moins de trois semaines.

— Vous n'auriez pas pu !... Je veux dire, comment serait-ce possible ? C'est absurde. Vous voyez, monsieur Fletcher, j'ai le choix entre croire que vous êtes un jeune homme pervers... votre attitude envers nous a été d'une grande cruauté.

— Ou bien ?

— Que voulez-vous dire ?

— Votre choix... vous n'avez pas fini votre phrase. Soit je suis un *pervers*, soit quoi ?

— ... Quelqu'un d'autre l'est. J'ai un léger doute, c'est pourquoi je discute avec vous, et ne vous ai pas claqué la porte au nez. Au début, j'ai pensé que votre article n'était, de la part de votre quotidien, qu'une tentative supplémentaire d'éclabousser Wagnall-Phipps — comme, déjà, il y a quelques années. Mais votre attaque est trop invraisemblable. Votre employeur ne sait plus sur quel pied danser. J'ai failli demander à votre M. Jaffe, de vous rencontrer, mais... eh bien, il m'en a découragé.

— Pour quelles raisons ?

— Il m'a expliqué que vous étiez très jeune, ce qui est vrai, et que les jeunes gens font parfois des erreurs, c'est vrai aussi.

— Vous en avez donc conclu que j'étais dérangé.

— Oui et non. (Elle porta son verre à ses lèvres, mais quand elle le reposa, le niveau du liquide n'avait pas bougé.) Ma démarche a été différente... (Elle hésita.) Plus efficace, si vous voyez ce que je veux dire.

— Non, désolé !

Elle haussa les épaules.

— Monsieur Fletcher, je me fiche que vous soyez vicieux et féroce tant que vous ne vous attaquez ni à moi, ni à mes enfants. (Elle ne cessait de bouger les doigts.) Vous devez comprendre. Je suis dans une position difficile. Wagnall-Phipps appartenait à Thomas. Il a créé cette société, et la dirigeait. Ces vingt dernières années, je n'ai été qu'une femme d'intérieur et une mère de famille. Et j'essaie maintenant de faire tourner la machine.

Fletch pensa à lui dire quelques mots de sympathie mais resta silencieux.

— Et puis, jeudi soir, votre chef de rubrique, M. Carraway, m'a rendu visite.

— Carradine.

— Il s'appelle Carradine ? J'étais si bouleversée ! Il s'est assis avec les gosses. Il a été très gentil, et s'est montré plus précis.

— A quel sujet ?

Elle planta son regard dans celui de Fletch.

— Il a dit que vous étiez un imbécile, monsieur Fletcher. Que vous passiez votre temps à faire des choses extravagantes et stupides. Que l'ensemble de la rédaction se moquait de vous et que vous étiez un menteur impénitent. (Elle baissa les yeux.) D'après lui, enfin, vous seriez viré le lendemain, et vous ne travailleriez jamais plus dans la presse.

— Eh bien, il a été sympa !

Elle releva la tête, l'air moins courroucé.

— Vous avez été renvoyé ?

— Evidemment.

— Alors, expliquez-moi pourquoi vous vous intéressez encore à cette affaire ?

— Parce que je suis un bon journaliste et que je me retrouve avec deux témoignages contradictoires.

— Vous êtes sûr que cela n'a rien à voir avec du sadisme ?

— Madame Bradley, j'ai écrit un article qui citait votre époux. C'était la première fois que j'entendais parler de lui et, à plus forte raison, de vous et de votre famille, et Wagnall-Philipps ne signifiait rien pour moi. Puis l'on m'a appris qu'il était décédé. Cela m'a fait souffrir aussi.

La voix d'Enid Bradley grinça :

— Vous croyez que je vous mens ?

— Le *News Tribune* n'a pas publié de nécrologie de

M. Bradley. Je n'ai pas encore vérifié auprès du bureau de l'état civil, parce que nous sommes samedi et que je ne suis rentré qu'hier. Mais j'irai lundi.

— Ce sera inutile à mon avis. Mon mari est mort en Suisse.

— Oh !

— Je croyais que tout le monde était au courant. On l'a incinéré.

— Je vois.

D'un air exaspéré, elle se leva pour prendre, sur le manteau de la cheminée, une petite boîte décorée, qu'elle posa devant Fletch.

— Voici ses cendres, monsieur Fletcher.

Il fixa le couvercle filigrané.

— Ouvrez-le, dit-elle. Allez-y. Ouvrez-le.

— C'est inutile.

Elle le fit à sa place. A l'intérieur, les cendres semblaient s'être collées lorsqu'elles étaient encore humides.

— Avez-vous d'autres questions, monsieur Fletcher ?

— Oui, répondit-il. (Il s'éclaircit la gorge.) Oui.

Elle se rassit dans le fauteuil.

— Je vous raconterai tout, si vous me promettez, ensuite, de vous en aller et de cesser cette persécution démente.

— Oui, fit-il. Bien sûr.

— Mon mari avait une leucémie. Pour rester vivant, on devait changer son sang régulièrement. Plus précisément, on le vidait et on lui en injectait du frais. Vous pouvez imaginer cette horreur ?

— Oui. Je suis désolé.

Il referma l'urne.

— Vous allez m'écouter jusqu'au bout.

— Oui, d'accord.

— Vous comprenez combien c'est démoralisant de se voir ainsi enlever son sang tandis qu'une pompe vous remplit de l'autre côté. Non, forcément, vous ne pouvez pas.

— Oui, dit Fletch. Non.

— Avec le temps, il s'affaiblissait. Pauvre Thomas ! Comme il dirigeait la compagnie, il ne voulait pas qu'on soit au courant de la gravité de sa maladie. Alex Corcoran n'est, en réalité, qu'un chef des ventes — un bon vivant qui ne pense qu'au golf. Il participe cet après-midi à un tournoi au Southworth Country Club, je crois. Charley Blaine est très capable, mais il a une personnalité extrêmement dépendante. Si tout n'est pas parfait, il réagit avec excès et fait n'importe quoi. Thomas ne voulait pas que ses enfants se fassent du souci pour lui. Ils sont splendides, heureux, et ils réussissent. Ta-ta — notre fille Roberta — enseigne à son ancienne école, Southworth Preparatory, et, au bout de six mois, on l'a déjà nommée chef d'internat. Tom termine ses études prémédicales au collège. Ils se débrouillent très bien tous les deux. Thomas voulait vivre. Mais il devait subir son traitement de plus en plus fréquemment, car son cancer avait des effets cumulatifs, monsieur Fletcher.

« Puis nous avons entendu parler de cette nouvelle technique développée par des médecins suisses, que je ne peux ni comprendre, ni expliquer. D'après eux, il ne faut pas laisser le sang neuf se mêler au vieux, durant l'échange. Je présume que, comme moi, vous ne connaissez rien à la médecine. »

— Non.

— Ils fabriquaient des espèces de vides à l'intérieur de son corps. Thomas avait appris que ce docteur, en Suisse, était le premier, ou le meilleur, ou quelque chose. Le plus respecté. C'est pourquoi je suis restée pour diriger la compagnie de mon mieux, tandis qu'il partait en Europe suivre cette thérapie. Les nouvelles étaient bonnes. Il allait bien. Et puis il est mort...

Tout en parlant, elle regardait Fletch comme s'il l'avait insultée. Puis elle porta ses mains à son visage et les pressa sur ses yeux.

— Monsieur Fletcher, s'il vous plaît, nous laisserez-vous enfin tranquilles ? Cesserez-vous cette folie ?

Fletch chercha une position plus confortable sur le divan. Il prit une profonde inspiration.

— Madame Bradley, pourquoi Charles Blaine a-t-il parlé de votre mari comme s'il était vivant ? Pourquoi m'a-t-il montré des notes de lui, de dates récentes ?

— C'est la raison pour laquelle je vous reçois, monsieur Fletcher.

Enid Bradley examina le plafond en clignant des yeux.

— Je suis maintenant convaincue de votre innocence, et que vous n'aviez pas l'intention de vous montrer cruel. Je crains que nous soyons tous deux victimes du délire d'une tierce personne.

— Qui ferait une chose pareille, madame Bradley ?

— Charley est un homme excessivement coincé. Le moindre fait anormal l'ébranle. Il avait beaucoup d'affection — et même d'adoration — pour mon mari. Thomas racontait la petite plaisanterie la plus bête, et Charley en riait toute la nuit. J'ai essayé de lui apprendre la disparition de mon époux en douceur... Non, je n'ai pas demandé de nécrologie aux journaux locaux. Ni commandé ici de service religieux à sa mémoire. Peut-être ai-je eu tort ? Peut-être, alors, cette douloureuse confusion aurait-elle été évitée ? Je n'ai repris la direction de l'entreprise qu'en l'absence de Thomas. Tout le monde croyait qu'il allait revenir. Puis il est mort. Je ne savais plus quoi faire. Dieu merci, il y avait Francine. Elle m'a tellement aidée. (Enid Bradley examina ses genoux.) Elle m'a suggéré de prendre les gens un par un pour leur annoncer la nouvelle — ce que j'ai fait. J'ai même attendu des mois — jusqu'à l'automne dernier — pour qu'ils aient moins de douleur. Mais Charley ne l'a jamais accepté, et d'après moi, ça l'a rendu comme fou. Il ne l'avait pas vu mourir, il ne pouvait donc pas me croire.

— Qui est Francine ?

— La sœur de Thomas. Elle vit à New York. Ils ont toujours été très proches.

— Madame Bradley, et ces fameux mémos ?

— Si ce que vous me dites est exact, monsieur Fletcher, ce sont des faux, dont, visiblement, Charles Blaine est l'auteur. Je n'ai pas d'autre explication. Charley m'a parlé plusieurs fois de Thomas comme s'il était vivant. Oui, il a fait référence à lui au présent. J'ai cru que sa langue avait fourché. Puis, quand j'ai lu votre article... mercredi soir... Charley devait souffrir d'une espèce de dépression nerveuse. Jeudi matin, je lui ai répété, avec toute la persuasion dont j'étais capable, que Thomas était mort depuis un an. Puis je l'ai envoyé avec sa femme pour de longues vacances.

— Mexique.

— C'est là qu'ils sont partis ? Oh, oui, je crois qu'ils y ont déjà passé leurs congés. Nous verrons dans quel état il sera à son retour. Mais s'il n'a pas reculé devant une falsification... Vous n'avez gardé aucune copie de ces notes, n'est-ce pas, monsieur Fletcher ?

— Non.

— Eh bien. Vous voyez. Que faire ? Tout ceci est compliqué.

— Avez-vous l'intention de continuer à diriger l'entreprise, madame Bradley ?

— Non ! Dieu merci !

L'idée semblait l'horrifier.

— Vous vendez ?

— Non. Ce serait injuste pour les enfants. Non, Francine viendra s'en occuper, dès qu'elle se sera arrangée avec sa propre affaire à New York. Elle est bien plus maligne que moi. Comme je vous l'ai dit, elle et Thomas se ressemblaient beaucoup. Ils étaient vraiment sur la même longueur d'onde. Elle connaît le boulot.

Enid Bradley regarda un moment dans le vide.

— Elle devrait être là dans deux mois.

— Je ne sais plus quoi dire.

— Je suis certaine que vous n'aviez pas de mauvaises intentions. Simplement, votre interlocuteur n'allait pas bien, à ce moment-là. Vous ne pouviez pas le deviner. Si vous voulez, j'appellerai demain votre rédacteur en chef. Je lui dirai que nous avons discuté, et je lui toucherai un mot de cette affection maladive de Charley pour mon mari...

— Merci, mais cela ne servirait à rien. Maintenant, cette histoire m'a rendu célèbre dans la profession, et personne ne l'oubliera.

— Monsieur Fletcher, que puis-je faire pour vous aider ? Les reporters ne gagnent pas beaucoup d'argent, je le sais, et, en plus, vous êtes au chômage. C'est en partie notre faute, je suppose. J'aurais dû réaliser que Charley Blaine perdait les pédales.

— C'est très généreux de votre part, mais non, merci. Vous avez été gentille de me recevoir, vu les circonstances.

— Tout ceci est bien affligeant.

Enid Bradley se leva et raccompagna Fletch jusqu'à la porte. Ils n'échangèrent plus un seul mot.

CHAPITRE XIV

— De la bière fraîche, commanda Fletch. S'il vous en reste.

Le serveur du *Dix-Neuvième Trou*, le bar du Southworth Country Club, dévisagea Fletch, se demanda s'il allait répondre, puis, en silence, servit une pression qu'il posa devant lui.

— Merci.

Fletch sourit. Les week-ends de tournoi, de nombreux étrangers devaient fréquenter le club.

Près des fenêtres dominant le terrain il y avait un groupe d'hommes bruyants aux tenues décontractées. Dans la salle, deux couples, assis à des tables éloignées, étaient habillés pour le dîner.

— Pebble Beach, fit l'un des braillards. Personne ne croit à ce que j'ai fait à Pebble Beach ! Même moi, je n'y parviens pas !

Ils n'arrêtaient pas de papoter et éclataient de rire à tout bout de champ. Fletch sirotait sa bière.

Son verre était presque vide quand l'un d'eux s'adressa à un homme solidement charpenté, qui portait des lunettes à doubles foyers :

— Alex, j'ai bien cru que tu ne surmonterais pas ton angoisse du septième green.

— Eh bien, sourit Alex, j'ai réussi. Juste à temps.

Fletch prit sa bière, longea le comptoir, et l'air intéressé, se faufila dans le groupe. Il hocha la tête en signe d'appréciation à leurs bobards de soûlographes. Il s'était placé à côté d'Alex.

Longtemps après, quand il y eut un trou dans la conversation, il demanda :

— Vous êtes Alex Corcoran, n'est-ce pas ?

— Sûr, dit l'homme.

— Second du plus amical — même si ce n'est pas le plus important des tournois de golf des Etats-Unis d'Amérique, bafouilla l'un d'eux.

— Félicitations, dit Fletch.

— C'est vous, les jeunes gars, qui me battez désormais, assura Corcoran. Et vous ne vous couchez même pas la nuit pour dormir. (Il prit une gorgée de son gin tonic.) J'ai dit : pour dormir.

— Nous nous sommes déjà rencontrés. Comment s'appelle ce club par là-bas... ? Fletch fit un vague signe vers l'Est.

— Euston.

— Ouais, Euston.

— J'étais contre vous ?

— Non, je me suis fait balayer tout de suite. Vous ai regardé. Nous avons discuté au bar, plus tard.

Alex Corcoran lui répondit en riant :

— Pardonnez-moi de ne pas vous reconnaître.

— Nous avons parlé de Wagnall-Phipps. Vous travaillez pour cette boîte, c'est ça ?

— Non ! intervint l'un des joueurs. Il ne bosse pas pour Wagnall-Phipps. C'est le directeur !

— Il ne fout même rien du tout, ajouta un autre.

Fletch agita la tête :

— Ouais, je m'en souvenais.

— Ça fait six ans que je suis avec W.-P. Je ne suis devenu directeur que lorsque la compagnie a soudain décidé de laisser tomber les affaires de chalets.

Tout le monde s'esclaffa.

— Jerry s'est bien fait entuber, dans cette histoire !

dit quelqu'un. Bon sang! Des réceptions d'affaires. Tout d'un coup c'est illégal, anti-américain, et tout ça!

— Ça dépend qui tu reçois.

— Ça dépend qui tu soudoies.

Un rien faisait rire ces gens-là, après un tournoi.

— Alex, qu'est devenu Jerry?

— Il est parti faire du ski, plaisanta l'un d'eux.

— Ouais. A la retraite à Aspen.

— L'ancien responsable de Wagnall-Phipps, expliqua Corcoran, vit au Mexique d'une pension plus importante que mon salaire.

— Vraiment? s'émerveilla son voisin. Le prix du péché.

— Une belle pension, renchérit Alex. Le scandale ne lui a fait aucun mal. Ah, si je pouvais m'en bricoler un du même genre! Plus besoin d'aller au bureau!

— C'est à peine si tu y mets les pieds en ce moment!

— Tu peux pas vendre ta merde en restant sur ton cul, répondit Alex. Faut aller sur le terrain et les éblouir avec ton jeu de jambes!

Il fit des petits sauts de boxeur. Et ne renversa pas une goutte de son gin tonic.

— Thomas Bradley, dit Fletch. Votre patron. Il est pas mort?

Il y eut un éclat de rire général.

— C'est suivant le journal que tu lis, lâcha l'un des gars. Une autre tournée, Mike, ajouta-t-il à l'adresse du serveur.

— Qu'est-ce que vous buvez? fit-il en regardant le verre vide de Fletch. Je sais pas votre nom.

— Mike, répondit Fletch. Mike Smith.

— Et une bière pour Mike, Mike!

— Mike Smith? Vous apparteniez à l'équipe de golf de l'Université de Berkeley, n'est-ce pas?

— Thomas Bradley est décédé? insista Fletch.

— Partout, sauf dans le *News Tribune*.

Fletch eut l'air perplexe.

— Oui, dit Alex Corcoran d'un ton plus sérieux. Il est mort. Il y a environ un an. Vous le connaissiez ?

— Lui non, mais sa sœur. A New York. Francine.

— Ah oui ?

Le visage de Corcoran exprima soudain un grand intérêt.

— Je l'ai croisée une fois, dans une soirée.

— Comment est-elle ? demanda Alex.

— Vous voulez dire que vous ne l'avez jamais rencontrée ?

— Non. Elle arrive pour prendre en main la société et je ne l'ai jamais vue. D'après Tom, elle était brillante. Jamais venue dans l'Ouest.

— Comment Tom est-il mort ? dit Fletch.

— Est allé en France pour suivre un traitement médical, et n'y a pas survécu, d'après ce que j'ai compris.

— En France ?

— Je n'avais pas imaginé la gravité de son état. De temps en temps, il était de mauvais poil et broyait du noir, mais... Bon sang, je ne pensais pas que le gars était mourant !

— Vous étiez au moins au courant de sa maladie ?

— Non. Pas vraiment. Le seul commentaire que j'ai fait à ce sujet à ma femme, c'était qu'il semblait... rétrécir. Ne me demandez pas ce que je veux dire par là parce que je ne pourrais pas vous l'expliquer. Ses épaules étaient devenues plus fines, et il avait dû perdre du poids. Déjà qu'au départ il était pas bien gros... Pauvre vieux Tom. A toi, Tom !

Alex leva son verre et le balança comme un encensoir avant de boire.

— Joli trophée, dit Fletch, avec un petit signe de tête vers la coupe, sur le bar.

— Ainsi, vous connaissez sa sœur, Francine Bradley, hein ? répéta Alex Corcoran.

— J'ai échangé quelques mots avec elle, une fois.

— Enid affirme que c'est une femme d'affaires très

intelligente, et qu'elle discutait tout le temps avec son frère. D'après elle, quelques-unes des meilleures idées de Tom venaient de Francine.

— Oui, je crois qu'elle est pas bête, assura Fletch.

— Tom a demandé dans son testament qu'elle prenne la tête de la société — si elle en avait envie et s'en sentait capable. Je vais vous dire... c'est quoi votre nom ?

— Mike.

— Je vais vous dire, Mike, je l'accueillerai à bras ouverts.

— Vraiment ? Les affaires ne marchent pas bien ?

— Vous savez, une entreprise a besoin d'un chef pour prendre les décisions et orienter sa politique. Je suis directeur, grâce à Tom Bradley, mais je ne vaux rien de ce côté-là. Je suis très bon pour vendre des trucs à des gens. C'est tout ce que je sais faire et c'est tout ce dont j'ai envie. Ma femme prétend que je pourrais placer des boules de neige à des Esquimaux. Mais les plans à long terme, la routine administrative, là, je suis nul. Enid essaie, mais...

— Enid, c'est la femme de Tom ?

— Ouais. Quelqu'un de bien. De temps en temps, elle a une bonne idée, mais c'est insuffisant. Ecoutez, ce que Tom Bradley a décidé pour sa compagnie me convient. Il aurait pu la léguer à son cheval, j'aurais dit : parfait, bonne idée.

— Tom fait du cheval ?

Alex le regarda.

— Façon de parler. Vous ne connaissez pas l'histoire romaine ?

— Oh.

— En fait, oui, il montait de temps en temps. Gardait un cheval quelque part dans la vallée. Sortait le dimanche, parfois dans la semaine, le matin. Ouais, il aimait ça. Il y allait seul.

— Vous semblez avoir beaucoup d'affection pour lui.

— Eh bien... (Les yeux d'Alex étaient humides.) De

l'affection ? J'*adorais* ce type. Un vrai gentleman. En dehors de ses stupides blagues salaces que tout le monde avait déjà entendues. C'était ce qui les rendait si drôles, d'ailleurs, ouais, un sacré brave type. Des gens comme ça ne devraient pas mourir si jeunes. Quand on voit toutes les merdes qui vivent bien plus vieux — dans mon genre !

— Faut que je me sauve. (Fletch posa son verre et tendit la main à Corcoran.) C'était un plaisir de discuter avec vous. Désolé pour Tom Bradley.

— Ouais, ouais. Je dois y aller aussi. Ma femme va se demander où je suis passé. (Il prit son trophée sur le bar.) Viens ici, petit trésor. (Il l'embrassa.) Où un homme pourrait-il bien être, s'il n'y avait pas le golf ?

— A la maison avec sa femme, dit l'un des joueurs.

Et ils éclatèrent de rire tous ensemble.

CHAPITRE XV

Fletch rentra chez lui à la nuit, mais les lumières étaient allumées dans son appartement et Moxie vint à la porte dès qu'elle entendit la clé tourner dans la serrure. Elle portait un tablier et rien d'autre.

— Bon Dieu ! fit Fletch. Exactement comme une épouse !

— Oh non, pas vraiment ! dit-elle, en faisant une véritable courbette de geisha qui révéla sa nudité.

Il l'embrassa.

— Ton ex-femme a appelé, annonça-t-elle.

Il l'embrassa encore.

— Tom Jeffries a téléphoné. Il demande que tu le recontactes.

Il l'embrassa une troisième fois.

— Que voulait cette bonne vieille Linda ?

— Nous avons discuté un long moment. D'après elle, tu es qu'un mâle nymphomane indigne de confiance. Un mec très bizarre. Elle m'a raconté qu'un jour tu lui avais passé un coup de fil du bureau pour la prévenir que tu rentrais à la maison, et qu'en fait, tu avais pris l'avion pour Hawaii.

— J'avais une enquête là-bas.

— Le rôti avait refroidi. M'a parlé de ta cruauté envers son chat. Je crois qu'elle t'aime.

— Et toi, qu'est-ce que tu lui as raconté ?

— Que je croyais que tu l'aimais encore.

— Merci beaucoup. J'adore payer sa pension alimentaire.

— Oh, elle assure que non. Que tu ne lui as pas donné ce blé, je veux dire. Alors, j'ai expliqué que je ne comprenais pas ça, vu que tu avais de l'argent plein les poches et que tu venais de commander un bateau à moteur de dix mètres de long. Bref, que si elle avait besoin de fric, elle n'avait qu'à passer, pension alimentaire ou non.

— Magnifique. Quel autre service m'as-tu rendu ?

— Ai prétendu que tu venais de m'offrir une rivière de diamants et un manteau de loutre.

— Je suis sûr qu'elle a tout gobé.

— J'ai l'impression que non. Va téléphoner à comment-il-s'appelle... C'est le gars qui s'est brisé la colonne vertébrale, n'est-ce pas ?

— Ouais.

— J' te fais couler un bain.

— Pourquoi ne pas le...

Elle l'attrapa par l'épaule et le repoussa.

— Sale gosse poisseux et puant ! Si je dois être à toi, enlève au moins la couche externe de pollution !

— Mais, mais...

— Il reste encore des tas de soirées...

Elle lui tourna le dos, et sautilla jusqu'à la salle de bains.

— Tom ? C'est Fletch. Comment va la vie au ras des pâquerettes ?

— Jamais, Fletch, je n'avais réalisé qu'il y avait tant de fourmis en ce monde. Je passe mes journées à les observer.

Du living-room, Fletch entendait l'eau de la baignoire.

— Tu ne vois pas beaucoup de fourmis quand tu fais du deltaplane, je suppose.

— En fait, ce sont des insectes très intéressants. Comme les gens, mais un peu plus.

— Tu es le Darwin du patio.

— Ecoute, je ne t'ai pas seulement appelé parce que je m'ennuie à mourir. J'en ai aussi une bien bonne à t'apprendre. Histoire de te remonter le moral. Un article du genre *Les mauvais qui ne se font pas virer du News Tribune.*

— Il y en a ?

— Jack Carradine m'a bigophoné ce matin, après ton départ. Au sujet de Clara Snow.

— Qu'est-ce qu'elle a encore fait ?

— Tu sais qu'on lui a confié la Chambre des Représentants comme à un véritable reporter ?

— Oui.

— Elle a volontairement passé sous silence que le frère de l'attaché de presse du gouverneur est concessionnaire de voitures. Et, tu ne vas pas me croire, il vend des véhicules à la police d'Etat !

— Elle n'a pas révélé ça ?

— Elle a levé le nez, a pris cet air hautain, tu sais, qu'elle seule peut avoir et a prétendu que l'affaire était trop personnelle.

— Pour qui ?

— Question privée, selon elle. La vie familiale et tout ça. En parler n'aurait pas intéressé le public. Puis elle a lâché qu'il fallait bien que les flics achètent leurs bagnoles quelque part. Pas mal, hein ?

— Ça me fout en rogne !

— Excellent. Je pensais que ça te ferait plaisir. Evidemment, tu n'es pas sans savoir qu'elle couche avec l'attaché de presse.

— Je croyais que c'était avec Frank Jaffe.

— Avec lui aussi. Clara saute dans le pieu de n'importe qui, du moment que ça peut aider sa carrière. Elle se donne à fond, en un sens. Ce qui explique que son petit faux pas lui a été pardonné.

— Frank ne va pas sortir cette histoire ?

— Il a contacté le gouverneur et lui a donné un mois

pour mettre fin à ce trafic, sinon le *News Tribune* vendrait la mèche. Que penses-tu de ces amabilités ?

— Bordel ! J'espère que la concurrence l'apprendra.

— Tu pourrais toujours t'en assurer, Fletch.

— Non. Pas ça.

— J'essaie seulement de te trouver un boulot, mec.

— Pas de cette façon.

— Comment tu te sens, Fletch ?

— Mal fichu. Et toi ?

— Mal fichu. Salut.

— Salut.

Fletch téléphona au *News Tribune*. La baignoire ne risquait pas de déborder : elle se remplissait à peu près à la vitesse des délibérations d'une quelconque commission.

— Petites annonces, répondit une fille. Puis-je vous être utile ?

— Oui, s'il vous plaît. C'est pour un message.

— Oui, monsieur. Lequel ?

— Trouvé portefeuille au nom de James St. E. Crandall. Ecrire au journal au numéro — celui que vous allez me donner.

— 236.

— 236.

— James St. E. comme dans James Saint Edward ?

— Oui.

— C-r-a-n-d-a-l-l-.

— Oui.

— A qui dois-je adresser la facture ?

— I. M. Fletcher.

— C'est une blague.

— Je ne crois pas.

— C'est toi, Fletch ?

— Ouais.

— Hey, je suis vraiment désolée qu'on t'ait balancé. T'as mis le feu aux pantalons de Frank Jaffe ?

— Je pensais que tout le monde était au courant.

— Ouais.
— Qui est à l'appareil ?
— Mary Patouch.
— Eh bien, Mary. Tu veux mon adresse ?
— Fletch, j'ai toujours désiré ton adresse. Tu le sais bien.

Fletch la lui donna, puis appela le *San Francisco Chronicle* et dicta le même texte.

— Comment j'ai rencontré Fletcher ? fit Moxie sur le ton d'un enfant qui parle tout seul. (Elle avait ôté son tablier et était entrée dans la baignoire avec Fletch.) J'achetais un hot dog et ce gentil monsieur, debout à côté de moi au comptoir, l'a payé, puis ne m'a plus rien dit. Alors, moi je lui ai fait : « Merci beaucoup, monsieur », et il a répondu : « Après cet incroyable déjeuner, pourquoi ne dînerions-nous pas ensemble ? »

— Jusqu'à présent, ton histoire est véridique. Et tu as accepté. Mais pourquoi ?

— Parce que tu es beau, que tu as la peau douce, un regard rigolo, et que j'avais envie de te toucher.

— Oh. Voilà une excellente raison.

— Tes yeux ont l'air de rire tout le temps. Enfin, presque tout le temps.

— Je vois.

— Non, tu ne peux pas voir tes yeux. Et pendant ce fameux dîner, je t'ai expliqué que je devais venir ici ce week-end pour commencer mes répétitions lundi, et tu m'as dit que tu remontais par là le lendemain et proposé d'économiser un ticket de bus en voyageant avec toi... Aussi, vu que nous étions déjà devenus amis, nous sommes retournés chez moi et...

— ... Et quoi ?

— Et nous nous sommes touchés.

Elle lui embrassa le cou.

— Raconte-moi ta journée, fit-elle. Je te connais

seulement depuis trois jours, mais n'en ai passé que deux avec toi.

— Un emploi du temps tout ce qu'il y a de plus ordinaire. Comme toujours. J'ai rencontré un grincheux qui a essayé de me jeter de chez lui alors que je voulais lui rendre un service, du moins à ce que je croyais, et qui a appelé les flics pour me faire arrêter.

— Ils t'ont douché et rasé aujourd'hui ?

— Non. M'ont juste filé une amende pour avoir conduit nu-pieds. Puis j'ai rencontré une merveilleuse femme vraiment joyeuse qui s'appelait Gay. Elle m'a préparé trois steaks.

— Gentil de sa part. C'est ton corps qu'elle voulait ?

— Pour trois steaks ?

— Je t'ai eu pour moins. Un pot de beurre de cacahuètes.

— C'était la tante de la femme de Charles Blaine. A propos, Charles Blaine, la source de mon papier suicidaire, est parti au Mexique.

— Tu ne peux donc pas lui casser la gueule.

— Je crois que j'aimerais bien. Après, j'ai vu un gars costaud qui travaillait sur son bateau, à Southworth. Il était moins pipelette que Calvin Coolidge (1) mais il m'a raconté tous les potins sur la famille Bradley dont il s'est souvenu et quelques-uns de plus, peut-être.

— Savait-il à qui il parlait ?

— Sûr que non. Ensuite, j'ai rendu visite à la veuve Bradley.

— Putain, tu es courageux... Dis, c'est bien dur, ça ! Un robinet en cuivre ?

— Hey, c'est à moi ! Touche pas ! L'homme aux ragots m'a expliqué que Mme Bradley était une hurleuse nocturne qui a probablement poussé son mari au suicide. A part ça, elle est digne, calme, raisonnable. Elle prétend que toute cette histoire vient de ce que

(1) Calvin Coolidge, 1872-1933, Président des Etats-Unis dans les années 20 (NDT).

Blaine souffre d'une dépression nerveuse ou quelque chose comme ça, et elle l'a envoyé en vacances.

— Alors, Tom Bradley est mort ou non ?

— Enfin, je suis allé boire une bière au Southworth Country Club.

— Je sais.

— Comment peux-tu ?

— Je la vois. Juste ici, dans ton ventre.

Elle appuya son doigt sur son nombril.

— C'est pas possible.

Elle l'embrassa.

— Je l'ai senti quand tu es arrivé.

— J'ai discuté avec Alex Corcoran, le directeur de Wagnall-Phipps. Tout le monde assure que Tom Bradley est décédé. Et la veuve m'a montré ses cendres.

— Pourtant tu ne veux pas y croire...

— Bien sûr que si. Je gobe tout. C'est comme ça que je me suis retrouvé dans la merde, au départ.

Elle lui enfonça la tête sous l'eau.

— Glub !

— Regarde les choses en face, Fletch. Tu es coulé.

— Glub ! Où tu vas ?

Elle sortait de la baignoire.

— J'ai oublié les steaks. Tu sens pas le brûlé ?

— Des steaks ! Où as-tu trouvé des steaks ?

Elle l'avait appelé, *Ne prends pas la peine de t'habiller, tout est prêt.* Elle avait posé la viande et la salade sur la moquette du salon. Et elle lui sourit quand il entra.

— J'ai ouvert un crédit, répondit-elle.

— A ton nom ?

— Evidemment. (Elle versa du vin dans les verres.) On ne peut pas jeûner toute une vie.

— C'est bon. Délicieux !

— Du second choix cramé. Au moins tu n'auras pas à demander le divorce.

— Pourquoi ça ? Euh... Non pas que j'y pensais déjà...

— Parce que tu ne m'épouseras pas ?

— Oh ! J'allais justement te le demander.
— Je ne me marierai jamais.
— Jamais pour toujours ?
— Jamais pour toujours. Je suis actrice et, dans notre profession, on ne doit pas convoler.
— La plupart n'hésitent pas, pourtant.
— Tu sais qui est mon père ?
— Frederick Mooney.
— C'est tout dire.
— Il joue *Falstaff* à Toronto, non ?
— Quand il est sobre. Puis il interprète *La mort d'un commis voyageur* à Chicago. Quand il est sobre. A Noël dernier, il faisait un numéro de clown dans un café-théâtre en Floride. Quand il était sobre.
— C'est un acteur qui aime boire. Pas le premier. Ni le dernier. Ton père avait la réputation d'être sacrément bon. L'a toujours, autant que je sache.
— Je ne t'ai pas parlé de ma mère.
— Non.
— Elle est dans une maison de repos hors de prix, au Kansas, pour les catatoniques.
— Oh. Tu penses que c'est de la faute de ton père ?
— Faire les valises, les refaire, les défaire. Le mettre au lit. Le dessoûler. Le chercher dans les bars. Lui rappeler quelle foutue pièce il joue. Pendant des années. Prendre soin de moi, sur la route. Encaisser ses nanas, ses disparitions. Ses tensions. Ses paranoïas. Elle ne pouvait plus supporter la journée, et encore moins la nuit. Quelque chose à pété.
— D'accord. Là-dedans, qu'est-ce qui a à voir avec son métier ?
— Tout.
— Tu es sûre ?
— Oui.
— Alors pourquoi veux-tu être actrice ?
— Je ne veux pas l'être. (Instinctivement, elle déplaça la tête pour que la lumière joue sur son visage.) Je le suis.

Il but son vin.
— Allez, mange, dit-il.
— Et puis je voudrais être capable de payer les notes de ma mère, quand Freddy ne pourra plus.
— Merci pour le steak. Finis le tien, ou je te saute dessus immédiatement.
Moxie leva ses couverts.
— Que vas-tu faire, demain ? demanda-t-elle.
Fletch haussa les épaules.
— Passer une autre journée à m'excuser, je suppose.
— Il reste qui ?
— Les enfants Bradley.
Moxie acquiesça.
— Ton article a dû leur causer un sacré choc.
— Je ne me sentirais pas bien si je ne me mettais pas en contact avec eux.
— Tu viendras au cocktail, demain soir, au Colloquial Theater ?
— Promis. Je t'accompagnerai.
— Rends-moi un service, quand même, hein ?
— Tout ce que tu veux.
— Ne parle pas de Freddy.
— Frederick Mooney. Un nom fameux.
— Infâme, dit-elle. Infâme.

CHAPITRE XVI

Le bateau était toujours là. Au garage. Avec sa couche de peinture fraîche, il luisait sous le clair de lune de trois heures du matin. En dehors de l'éclairage public, il n'y avait qu'une seule lumière visible dans le voisinage, une lanterne de fiacre, plusieurs maisons plus bas.

Pieds nus, Fletch remonta l'allée des Bradley et entra dans le garage ouvert. Mais la porte de communication était verrouillée. Il fit le tour du bâtiment. La cuisine aussi était fermée à clef.

La baie vitrée coulissa avec un léger grincement. Dans le lointain, un chien aboya.

Il faisait très sombre dans le salon. Fletch resta quelques instants à l'écoute, et laissa ses yeux s'accoutumer à l'obscurité.

Alors, il se dirigea lentement vers la cheminée. La petite urne n'y était pas.

Il s'approcha de la table basse et, avec ses doigts, tâta soigneusement partout. Sa main identifia le verre de vin d'Enid Bradley, qu'il ne renversa pas. Puis la boîte.

Il sortit une enveloppe de la poche arrière de son jean, et l'ouvrit d'une main. De l'autre, il souleva le couvercle filigrané.

Il prit une pincée de cendres qu'il glissa dans l'enveloppe.

En se retournant, il buta dans le fauteuil où s'était

assise Enid Bradley l'après-midi même, pendant leur conversation. Le meuble ne bougea que de quelques centimètres sur la moquette.

Quand il referma la porte coulissante, le chien n'aboya pas.

CHAPITRE XVII

Sur le stade gazonné de l'internat de Southworth, un groupe d'adolescentes tapageuses courait en braillant comme des oies blanches, sous l'éclatant soleil dominical. Fletch attendait sur le trottoir.

En s'approchant, il vit la ressemblance entre Enid Bradley et la fille la plus âgée — qui n'avait pas la graisse de sa mère. Son short fendu et ses chaussures de sport n'étaient pas démodés le moins du monde.

— Roberta ? s'enquit-il.

Les filles passèrent devant lui en râlant, et grimpèrent les marches du porche à grand bruit avant de pénétrer dans le bâtiment.

— A la douche, tout le monde ! ordonna Roberta. Soyez prêtes pour la chapelle dans une demi-heure !

Elle se tourna vers Fletch.

— Roberta Bradley ? fit-il.

— Nous nous sommes déjà rencontrés ? demanda-t-elle.

Elle n'était nullement essoufflée.

— C'est la première fois, et probablement la dernière. Je suis Fletcher.

— Et alors ?

— L'imbécile qui a écrit l'article sur Wagnall-Phipps, dans le journal, mercredi.

— Oh, je vois.

Son regard n'avait rien d'hostile.

— Vous voulez en parler ? Ce n'est pas nécessaire.

— Je comptais vous rendre une petite visite...

Elle jeta un coup d'œil sur l'horloge du clocher de l'église, de l'autre côté du terrain de sport.

— J'aime faire trois kilomètres supplémentaires pendant que les petites chéries utilisent toute l'eau chaude. Ça vous dérange de m'accompagner ?

— Non. C'est d'accord.

Son rythme était plus rapide qu'il ne l'avait pensé. Elle avait de longues jambes minces et une bonne foulée. Ils quittèrent le trottoir, et prirent un chemin en terre battue derrière l'école.

— Je cours seulement pour profiter de quelques minutes de solitude, dit-elle.

— Désolé. Si vous voulez, vous n'avez qu'à considérer que j'appartiens au paysage. Une pierre, un arbre, un buisson.

— Les gamines de Southworth ne me laissent jamais le temps de sortir Mélanie. La jument de papa.

— Vous la gardez ?

Roberta trottina un moment en silence.

— Pour l'instant, personne n'a pris de décision à son sujet, je suppose. Ecoutez, que voulez-vous de moi ?

— M'excuser. Je me suis planté. Vous avez sans doute reçu un choc.

Son visage semblait plus ennuyé qu'accablé.

— Pourquoi tout le monde fait-il une telle montagne de cette histoire ? Des choses plus étranges se produisent dans le monde. Vous avez publié un papier sur Wagnall-Phipps, et fait référence à mon père. Et alors ? Vous vous êtes juste trompé de date, c'est tout.

— Pourtant...

— Ce costume trois-pièces de votre quotidien est venu l'autre soir. Il nous a fait asseoir, Tom et moi, pour nous assener les regrets solennels du *News Tribune*. Nous a dit qu'on se trompait parfois. Comme si nous ne le savions pas. Mon Dieu !

— Cela n'aurait pas dû arriver.

Les pieds de Fletch soulevaient de plus gros nuages de poussière que les siens.

— Il paraît que Carradine a raconté des tas de gentillesses sur moi...

Roberta sourit et secoua doucement la tête.

— Oh ! la la ! Si vous êtes à moitié aussi mauvais qu'il le prétend, vous êtes sûrement abominable ! Incompétent, stupide et menteur invétéré... Wow ! C'est sympa de votre part d'être venu, malgré tout.

— Je ne peux même pas expliquer la chose.

— Inutile. Vous vous êtes gouré. Et alors ? La semaine dernière, j'ai distribué les questions d'une interrogation de français à des gosses qui devaient passer un test d'espagnol. Si je vous disais que certains d'entre eux ont vraiment commencé à travailler ? On ne devrait jamais faire entièrement confiance aux professeurs ou aux journaux.

— Le décès de votre père en Suisse et tout ça... Votre mère dirige la compagnie en son absence... puis il meurt. Alors elle garde la place toute chaude pour votre tante Francine...

Roberta semblait l'écouter avec attention.

— Il y a eu pas mal de bouleversements, constata-t-elle simplement.

— Ouais. Je pense qu'on peut le voir ainsi !

— Impossible de comprendre l'ensemble de la réalité, reprit Roberta. Je me tue à l'expliquer à mes élèves. On risque rien d'essayer, bien sûr. Ou même de faire semblant. Mais certains trucs...

— Pardon ?

— J'ai entendu dire que le jogging était bon pour l'âme. Vous rend philosophe.

— Surtout le dimanche matin.

— Nous rentrons par là.

Ils restèrent silencieux un instant.

— Sympa de votre part d'être venu, répéta-t-elle finalement. Ce n'était pas nécessaire. Vous avez l'intention d'aller voir Tom aussi ?

— Oui.

— Je préférerais que vous évitiez ça. Il est très occupé par ses études, vous savez. Quel boulot ! Qu'est-ce que ce gosse peut bûcher ! L'incident est clos. D'accord ?

— J'essaie d'agir décemment.

— Eh bien, c'est fait.

Ils approchaient de l'internat. Elle ajouta :

— Je vous promets que je parlerai à Tom de votre visite.

— Nous nous sommes vraiment tapés trois kilomètres ?

— Trois kilomètres exactement. Vous pouvez recommencer, si vous voulez.

Ils s'arrêtèrent en face du bâtiment.

— Non, merci.

Elle l'étudiait.

— Vous perdez une enveloppe.

Elle tendit un doigt vers la poche arrière de son jean.

— Oh, ça. Merci.

Il la rangea.

Les dortoirs résonnaient de gloussements et de cris.

— Heureusement que vous ne l'avez pas perdue. Vous auriez été obligé de refaire un tour complet pour la retrouver.

Elle gravit l'escalier deux marches à la fois.

— Merci de votre visite. Je le dirai à Tom.

— Vous voulez voir Tom ?

Le visage accueillant du jeune homme qui partageait la chambre de Thomas Bradley Jr., au collège, était presque aussi large que la porte qu'il tenait ouverte pour Fletch.

— Il est là, mais il est parti... expliqua-t-il.

Devant l'expression perplexe de Fletch, il ajouta :

— Nous le gardons dans la baignoire.

Il le conduisit jusqu'à une salle de bains miteuse, où

un jeune homme de vingt ans était couché, le dos et la tête appuyés sur plusieurs oreillers. Ses cheveux étaient emmêlés et son menton parsemé de quelques touffes de poils fins. Il avait les yeux fermés. Il ressemblait à un adolescent triste contemplant avec sérieux l'état de l'univers.

— Là-dedans, il ne peut pas se faire mal. Il lui est difficile de se lever, ou d'escalader les bords, vous savez ?

— Qu'est-ce qu'il a pris ?

— Des barbituriques, mec.

L'ami se pencha et souleva une des paupières de Tom Bradley.

— Salut, dit-il. Y a quelqu'un à la maison ?

Fletch lui avait annoncé qu'il voulait voir Tom Bradley pour *raison de famille* et le gars avait répondu : *Enfin ! Dieu merci !*

— Hé ! mec, dit Fletch. Il ne peut pas vivre comme ça.

— Il ne se gêne pas, pourtant. La plupart du temps. Parfois, il est un peu plus net. Se lève, rentre chez lui, ramène de l'argent. Maintenant, c'est une nouvelle déprime.

— Quand a-t-elle commencé ?

— Vendredi. Y a deux jours. C'était bien vendredi ?

— Merde... On m'a raconté que c'était un bûcheur.

— L'a jamais été, je vous assure. Tout le temps défoncé. Il est revenu à l'école l'automne dernier sans la moindre volonté. A suivi les cours irrégulièrement pendant quelques semaines. A tenu jusqu'à, disons, novembre — c'était d'ailleurs inutile, car il était déjà très en retard.

— Comment se fait-il qu'il vive toujours au collège ?

— Qu'est-ce qu'on peut en faire ? On a essayé de le renvoyer chez lui par la poste, mais au guichet, ils nous ont dit que c'était un trop gros paquet. Non, sérieusement : nous l'avons traîné — physiquement traîné, à l'infirmerie, une nuit. Le lendemain, il avait disparu.

— Quand ?

— Bien avant Noël. A refait surface ici avec une sale gueule, deux semaines après le Jour de l'An. L'air d'avoir traversé les jungles de Bornéo. Alors nous l'avons laissé conduire une fois de plus la baignoire. Je suis allé chez sa mère à Southworth, je l'ai avertie qu'elle avait un problème. Que Tom avait un problème. Au début, elle a paru morte de peur. Puis elle a tout nié. Affirmant, au contraire, que Tom rentrait régulièrement à la maison, ce qui est sans doute exact. Qu'il était seulement fatigué par ses études. Des conneries ! Qu'il avait été mis à rude épreuve ces derniers temps.

— Pourquoi ? demanda Fletch. A-t-elle précisé ?

— Un machin au sujet de la mort de son père.

— Ça date d'un an, normalement.

A genoux comme un enfant jouant dans l'eau du bain avec ses petits bateaux, l'étudiant leva la tête vers Fletch.

— Pourquoi dites-vous *normalement* ?

— Sa sœur est chouette. Saine.

— Ta-ta ? Ouais, je lui ai parlé, à elle aussi.

— Que pense-t-elle de ça ?

— Qu'on vit à une époque où on doit se débrouiller seul. Elle est remontée à bloc, et croit que c'est le cas de tout le monde. Elle dit qu'il ne faut pas chercher à comprendre certains trucs... C'est elle qu'il ne faut pas chercher à comprendre.

Il se pencha et gifla doucement le visage de Tom jusqu'à ce que celui-ci ouvrît les yeux.

— Hé, Tom ! Une visite. Dit qu'il s'appelle Satan. Veut te proposer un boulot de chef de chauffe.

Le regard de Tom fixa le plafond, puis descendit sur son copain...

— Allez, Tom. Tu es réveillé ?

... Pour effleurer enfin Fletch et se perdre sur sa gauche.

Le jeune homme se redressa.

— Débrouillez-vous pour qu'on fasse quelque chose

pour ce gars, d'accord ? Je me sens comme l'héritier d'un aquarium, vous comprenez ? Je dois m'en occuper et je suis obligé de le regarder, alors que je ne suis pas vraiment intéressé.

— Je ne vois pas ce que je pourrais faire dans l'immédiat, répondit Fletch.

— Et, puis, conclut l'étudiant en s'arrêtant à la porte, j'aime prendre des bains de temps en temps.

Quand il eut quitté la pièce, Fletch s'assit sur le bord de la baignoire.

— Tom, on m'appelle Fletch. J'ai discuté avec votre mère et votre sœur. Et je voulais le faire aussi avec vous. J'ai écrit sur votre père dans le *News Tribune*, mercredi. Une erreur. Je ne sais pas si c'est ce qui vous déprime ou non. Je soupçonne que ça ne vous a pas aidé.

— Mon père ? (Tom tendit le cou. Sa voix était plus forte que Fletch ne s'y attendait.) Vous allez m'apprendre que mon père est décédé de nouveau ?

— Hé, mec.

— Vous avez parlé à mon père, récemment ?

— J'aurais pu ?

— Sûr. (Le sourire, sur le visage de Tom, apparut lentement. Les mots venaient avec difficulté.) Suffit d'aller jusqu'à la cheminée, d'ouvrir la petite boîte et de raconter ce que vous voulez. Ou... (son sourire irréel s'élargit) vous pouvez utiliser le téléphone.

— Tom, votre père est-il mort ?

— Sûr, affirma-t-il sur un ton puissant. Tout le monde le dit. Même lui le prétend.

— Je ne pige pas la blague, Tom. Expliquez-moi, allez.

Il y eut une longue pause, puis Tom Bradley lâcha :

— Mon père est mort. Et même pire que mort, vous savez ?

— Non. Qu'est-ce que ça signifie ?

— Il s'est tué.

Tom fit le geste de s'enfoncer un couteau dans le ventre et de le faire tourner.

— Je vois. Il avait déjà essayé de se suicider, n'est-ce pas ? Tom, où cela s'est-il passé ?

— Southworth, au printemps. Vienne.

— France ?

— Non. Pas la France.

— La Suisse.

— Ouais. C'est ça. En Suisse. Un cancer du sang. Beaucoup, beaucoup d'opérations.

— D'accord, Tom. Pourquoi lui en voulez-vous ?

Les yeux de Tom firent au ralenti le tour de la salle de bains.

— Il n'aimait pas.

— Qu'est-ce qu'il n'aimait pas ?

Les paupières de Tom Bradley se refermèrent.

— Non, vraiment pas, marmonna-t-il. C'est ce qui est surprenant, vous voyez ? Où est-ce que ça me laisse ?

— Où est-ce que ça vous laisse ?

— Dans la baignoire.

— Tom. Une dernière question.

— Je n'ai entendu aucune question.

Les yeux fermés, Tom parlait plus vite.

— Où est né votre père ?

— Il n'est pas né. Je pense qu'il n'est pas né. C'était une idée fausse que se faisaient les gens.

— Où a-t-il été élevé ?

— Au purgatoire, selon lui. Vous connaissez ce mot, *purgatoire ?*

— Ouais.

— C'est là.

— De quelle ville est votre père, Tom ?

— Laissez-moi réfléchir.

Fletch patienta un long moment. Puis il fut persuadé que Tom Bradley était reparti dans l'espace, alors il se leva.

— Dallas, Texas, dit soudain le jeune homme.

Fletch se pencha sur lui un moment en silence.

— Tom ? Vous pouvez m'entendre ? demanda-t-il enfin.

— Non.

— Tom, je vais essayer de vous donner un coup de main. Vous n'avez pas besoin de cette chose — quelle qu'elle soit. Vous aurez sans doute l'impression que je ne vous aide pas. Ce sera peut-être douloureux. Mais je vais tenter.

Quelques instants plus tard, Tom Bradley Junior murmura :

— Au revoir.

— A bientôt, Tom.

CHAPITRE XVIII

— Whisky ? Bière ? Joint ?

Alston Chambers, employé au bureau du district attorney fit les cinq pas nécessaires à la traversée de son salon, et coupa la télévision.

— Dimanche après-midi, lâcha Fletch. Je t'y prends, à regarder un match de base-ball à la télé en te noyant dans la bière. J'aurais jamais pensé vivre assez longtemps pour voir ça ! Pourquoi n'es-tu pas en train de travailler dans ton palais ? A peindre, gratter, tondre et sarcler ?

Alston lui jeta un coup d'œil sardonique.

— Petite piaule merdeuse. Qui s'en soucie ?

— Ton hypothèque, mon pote.

Dans la pièce sombre et étouffante, un divan du style faux primitifs américains, un fauteuil imitation Morris, une table basse en bois blanc, un luminaire et un vieux poste de télévision mangeaient la totalité de l'espace. Le reste de la maison se composait d'une chambre et d'une minuscule cuisine. Les habitations voisines commençaient à un mètre environ et le jardin était assez grand pour contenir les poubelles.

— Toute la question est là, dit Alston. Tu n'achètes pas une baraque, mais une hypothèque. Je déteste cet endroit, mais j'ai besoin de la réduction d'impôt, et d'une caution pour un crédit. Comme tout le monde, à notre âge. Toi aussi, mec. Attends d'avoir commencé.

Nous espérons tous que tu vas t'y mettre. Adhère à la race humaine !

Visiblement, Alston Chambers, lui, appartenait à l'humanité et visiblement, aussi, il en payait le prix. Un dimanche après-midi de printemps, il était habillé de pantalons longs et de mocassins, et à vingt-cinq ans une bedaine de buveur de bière tendait sa chemise. Et dès qu'il avait passé son diplôme de droit, il était entré dans la bureaucratie au service du district attorney.

Fletch et lui s'étaient tapés ensemble l'entraînement des Marines. Ça rapproche.

— Honnêtement, je ne demanderais pas mieux que de me joindre à vous, Alston, mais il y a toujours quelque chose qui foire. Chaque fois que je pose ma candidature, j'ai un problème. Fichu truc !

— Tu envoies sa pension à Linda, comme le juge te l'a ordonné ? Comme un bon garçon ?

— Non, monsieur.

— Je n'en attendais pas moins de ta part.

— Tous les mois, je m'installe pour lui faire un chèque, vraiment, mais après le loyer, les traites de la voiture, la bouffe et les bricoles...

— Il ne reste rien. Je sais. Moi non plus, je ne pourrais pas me le permettre. Tu es quand même à jour avec les remboursements de tes cartes de crédit, j'espère ?

— Je n'en ai pas. J'utilisais celle du journal, tu sais, pour les frais professionnels, mais j'ai perdu ça jeudi.

— Tu l'as égarée ?

— Eh bien, dire que je n'en ai plus l'usage serait plus exact.

Alston lui jeta un regard incrédule :

— Tu as paumé ton boulot ?

— Ou bien j'ai retrouvé ma liberté.

Alston gloussa. Il se retourna et appela sa femme.

— Audrey ! Fletch est ici.

— J'enfile une robe et j'arrive, répondit-elle à travers

la cloison. On l'entendait comme si elle était dans la pièce avec eux.

— Pas besoin de t'habiller pour moi, Audrey, lança Fletch. Je préfère que tu restes comme tu es.

— Je sais, Fletch, fit-elle en entrant et en lui passant les bras autour du cou. Mais Alston est là, et nous ne voulons pas l'embarrasser, n'est-ce pas ?

Elle l'embrassa sur la bouche.

— Vrai.

— Vrai, reprit Alston. Tu veux boire quelque chose ?

Il récupéra, sur le dessus de la télé, sa fausse chope autrichienne en étain achetée au Japon, pendant une permission avec Fletch.

— Non, merci. (Audrey s'était assise sur le divan. Fletch se laissa tomber dans l'unique fauteuil.) Ce soir Moxie m'emmène à un cocktail à son théâtre.

— Moxie ? (Alston lui sourit.) Moxie est de retour sur scène ?

— Ouais. Je suppose. Maintenant que j'y pense, en effet, je suis tombé sur elle l'autre jour devant un marchand de hot dog. Elle a fait son numéro, comme si c'était la première fois que nous nous rencontrions.

— Moxie tout craché, dit Alston.

— Ouais, approuva Fletch.

— Elle prétend que vous vous êtes connus l'autre jour ? s'esclaffa Audrey.

— Ouais. A y bien réfléchir, c'est ce qu'elle fait.

— Moxie, Moxie, murmura Alston le nez dans sa bière.

— Elle a peut-être raison... Il y a des tas de personnes différentes en Moxie, vous savez.

— Toutes femelles, ajouta Alston.

— Moxie est une actrice, reprit Fletch, qu'elle le veuille ou non. Quand elle prend l'ascenseur, les gens qui sont là lui servent de public. Une fois, dans une cabine bondée, elle m'a jeté, à haute voix : *Pour sûr, Jake c' pa juste qu' j' tombe enceinte. T'avais juré qu' ça arriverait pas — vu que qu' t'es mon frère, et tout ça, pourquoi qu' t'es allé m' dire qu' c'était pas possible ? T'as entendu l' docteur. C'est pas différent qu' tu sois mon frère. T' m'as raconté un sacré bobard, Hank.*

— Comment as-tu réagi, Fletch ? demanda Audrey en riant.

— La température dans l'ascenseur est bien montée à cinquante degrés. Tout le monde me jetait des regards incendiaires. Je n'étais pas sûr d'en sortir vivant.

— Et alors ? insista Audrey.

— J'ai répondu : *T' peux pas dire pour sûr qu' c'est moi, Stella. C' pourrait être l' paternel !*

Alston renversa un peu de bière sur sa chemise en se tordant de rire.

— C'était la dernière fois que vous vous êtes séparés ? demanda Audrey.

Fletch réfléchit un instant.

— Non, je crois pas. La dernière fois, son père l'a appelée de Melbourne en pleurnichant. Il avait besoin d'elle pour jouer Ophélie sous peine de voir la tournée annulée. Ses valises étaient prêtes et elle était partie en moins d'un quart d'heure.

— Je ne savais pas qu'elle avait tenu ce rôle en Australie, assura Audrey.

— Ça ne s'est pas fait. Quand elle est arrivée, la place était prise. Freddy ne se rappelait même pas lui avoir téléphoné. Il a simplement dit, *Comme c'est gentil de la part de ma petite fille de dévorer tant de kilomètres pour voir son vieux papa !* Un truc comme ça. Le bâtard ne lui a même pas payé son billet de retour. Elle a travaillé six mois dans un élevage de moutons. Et a adoré chaque minute. Le meilleur moment de sa vie, d'après elle.

— Et maintenant, elle assure que vous ne vous étiez jamais vus ?

— Ouais. Puis elle se réfère à des souvenirs communs qui remontent à des années. Drôle d'impression.

— Qui se ressemble s'assemble, fit Alston.

— Vous êtes fêlés tous les deux, renchérit Audrey.

Pourquoi ne pas convoler? Je veux dire : ni elle, ni toi ne devriez épouser quelqu'un d'autre.

— Moxie ne se mariera jamais, répondit Fletch. Elle a l'étrange habitude de tomber systématiquement amoureuse de ses partenaires de théâtre. De toute façon, elle accuse le vieux Freddy de l'internement de sa mère.

— Elle a peur que tu te retrouves à l'hôpital à cause d'elle ? s'enquit Alston. Y a pas de danger.

— Faire l'amour avec elle a toujours été intéressant, reprit Fletch, car tu n'es jamais certain de la personne sur qui tu tombes.

Alston s'éclaircit la gorge :

— Quand vous êtes seuls dans une chambre, c'est tout de suite la foule.

Fletch sortit l'enveloppe de la poche arrière de son jean.

— J'ai besoin que tu me rendes quelques services. Il y a des cendres là-dedans. Faudrait qu'elles soient analysées.

— Sûr. Te gêne pas.

— Ensuite, est-ce que tu as une place suffisamment importante chez le district attorney pour donner un coup de fil à l'ambassade des Etats-Unis à Genève ?

— Ça ne m'est jamais arrivé jusqu'à présent. Mais avec ces choses-là, tu demandes toujours l'autorisation après, je suppose — comme à l'armée.

— Bien. Je voudrais connaître les détails de la mort d'un citoyen américain du nom de Thomas Bradley. Il y a environ un an. Il est décédé dans un hôpital, ou dans une clinique privée. Il s'est peut-être suicidé.

— Un Californien ?

— Ouais.

— Il y a environ un an ?

— C'est sa veuve qui le dit. Il semblerait que cela n'ait été annoncé ici que six mois plus tard. Le fonctionnement d'une affaire comme Wagnall-Phipps... La femme de Bradley à la tête de la compagnie en attendant d'être remplacée... tout ça déconne, d'une certaine façon.

— Comment ?

— Sais pas. Je dirais que c'est un méli-mélo délibéré.

— Tu as parlé de suicide. Ce n'est pas une explication suffisante ?

— Pas vraiment.

— Tu serais affolé, si tu voyais ce qu'on tolère, chez nous, pour permettre aux familles de cacher un suicide. Je suis d'accord, conclut Alston, je me sens solidaire.

— Alston, je crois que Fletch n'écarte pas l'éventualité d'un meurtre, intervint Audrey.

Alston regarda Fletch qui continuait à observer Audrey.

— C'est vrai, Fletch ?

— Une mort suspecte, répondit Fletch. Le gars a peut-être passé l'arme à gauche il y a un an. Mais, selon moi, ses enfants n'ont été prévenus que six mois plus tard. Ses voisins et le directeur de sa compagnie l'ont su huit mois après. Et j'ai de bonnes raisons de croire qu'on ne l'avait pas vraiment annoncé à son trésorier avant jeudi dernier.

— Ce serait sympa de jeter un œil sur le testament.

— Il y en a obligatoirement un ?

— Sûr. C'est une propriété qui dépend de l'Etat californien...

— Alors, j'aimerais bien, oui.

— Je dirais, fit Alston, comme ça, à première vue, que quelqu'un essaie de reculer le paiement des taxes sur l'héritage. Voire, carrément, d'y échapper. C'était un jeune gars ?

— Moins de cinquante ans.

— La mort l'a pris au dépourvu. Quelle est la situation financière de sa société ?

— Sais pas.

— Je soupçonne fort que la réponse est là. Personne ne s'attend à mourir si jeune. En Suisse... J'ai l'impression que les héritiers essaient de tirer avantage de ce fait pour arranger leurs affaires. Rouler le fisc.

— Je n'avais jamais pensé à ça.

— Parce que tu n'as pas fait d'école de droit.

— Bon sang ! dit Fletch. C'est pour ça que je n'ai ni hypothèque, ni carte de crédit ?

— Certainement, mon vieux.

— Allez, je suis attendu par tous ces gens qu'on nomme Moxie... (Fletch se leva.) Demain, ce sera trop tôt pour t'appeler, Alston ?

— Non. Je vais faire passer tes analyses en priorité et je donnerai le coup de fil à Genève avant de partir. J'aurai peut-être les réponses à midi. Je contacterai du bureau le service des testaments.

Audrey se tourna vers lui.

— Tu n'as rien d'autre à faire ? Pas de boulot en cours ?

— Je crois me souvenir qu'une fois ou deux, dans le passé, Fletch a tout laissé tomber pour m'aider. Au cas où je ne t'en aurais pas encore parlé, Audrey, je n'étais pas un Marine très à la page.

— Salut, Fletch. (Elle l'embrassa sur la joue.) Merci d'avoir sauvé le cul de mon mari.

— Ses fesses peuvent aller se faire foutre, répondit Fletch. C'est son sens de l'humour que j'ai préservé.

Alston l'accompagna jusqu'à la rue.

— Fletch, j'ai un peu plus de cinq cents dollars à la banque. Ils sont à toi, quand tu veux, en totalité ou en partie.

— Pouah ! C'est quoi, l'argent ? Du papier ? Qui a besoin de ça ?

Il monta dans sa voiture, et lui cria par la vitre ouverte :

— Merci, Alston. Je te contacte demain.

CHAPITRE XIX

— Bordel de merde ! marmonna Moxie en se glissant sur le siège du passager, dans le noir. Tu bats même Freddy Mooney !

— Ne te donne pas la peine de m'indiquer la route. Je sais où se trouve le Colloquial Theater.

— De toute ma vie, je ne suis jamais tombée sur un mec aussi bizarre que toi !

— Je traverse le pont, c'est ça ?

Elle ne regarda même pas la direction qu'il avait prise.

— Bon sang ! Depuis trois jours que je te connais, tu n'as fait que pleurnicher. *Pauvre de moi ! J'ai perdu mon boulot, gémis, gémis, gémis !* Et tu ne m'as pas acheté la moindre nourriture.

— J'ai payé le jus d'orange.

— J'ai rempli des paperasses pour avoir du steak, mon pote. Et une bouteille de vin. J'ai dû me faire passer pour une jeune mariée tout juste débarquée dont le mari travaillait à la banque.

— Ça te va très bien.

— « *Tu as cinquante dollars — il m'en reste à peu près autant, jusqu'à la fin de mes jours.* » (Même à Fletch, son imitation semblait fidèle.) Pendant que tu cours la campagne dans ta voiture de sport... (elle donna un coup de poing sur le tableau de bord de la M.G.)... je repère un portefeuille qui pendouille de la poche de ton jean sale, je me dis : *Qu'est-ce que c'est que ça ?* Je le sors, je l'ouvre, et là — devant mes yeux, plus surprenant que le mont Everest au milieu du Sahara — il y a vingt-cinq mille dollars en billets de mille !

— Ça ne m'appartient pas, Moxie. Je te l'ai dit, à l'appartement.

— Tu ne voulais même pas payer un déjeuner avec ta carte de crédit !

— Cet argent est à James St. E. Crandall.

— Et ça pleurniche !

— Vingt-cinq mille dollars de larmes ?

— Monsieur Fletcher, je vous ferais remarquer que quelqu'un qui peut se permettre de laisser tomber vingt-cinq mille dollars sur le trottoir sans prendre la peine de les chercher sait certainement d'où vient son prochain œuf poché ! Par contre, toi, tu n'as pas la moindre idée d'où arrivera le tien.

— Ça n'a rien à voir.

— C'est pourquoi tu as fait un détour de plus de deux cents kilomètres pour t'arrêter dans cette ville pourrie, Marmite, ou un truc comme ça, hein ?

— Vramrud.

— C'est pareil. Voilà un gars qui cherche à se débarrasser de vingt-cinq mille dollars en liquide alors qu'il meurt de faim ! Je te le demande, c'est du bon sens ?

— Je ne meurs pas de faim.

— Tu n'as même jamais signalé que tu trimbalais autant de blé. Et nous étions là, à dormir sur la plage !

— C'était chouette. Et je t'avais prévenue.

— Ouais. *Alors j'ai pris les vingt-cinq mille dollars.* Ce sont tes propres mots. Tu ne racontes donc que des blagues ? N'es-tu qu'une blague toi-même Irwin Fletcher ?

En arrivant au pont, Fletch vit, loin devant lui, sur la droite, quelque chose qui flottait au vent. Un morceau de tissu.

— Tu me fais penser à une épouse, répondit-il.

Elle lui adressa un large sourire, le visage légèrement éclairé par le tableau de bord.

— J'espérais que tu dirais ça. Je me suis entraînée.

Il ralentissait.

Une jupe ondulait dans la brise. Dessous, Fletch remarqua une jambe, très blanche, et, au-dessus, accroché à l'un des câbles du pont, un bras.

Il enclencha les warnings de son véhicule, et se rabattit le plus vite possible.

— Sors de là, Moxie, et éloigne-toi. Ne reste pas dedans.

— Tu t'arrêtes au milieu du pont ?

— C'est pourquoi je te demande ça. On risque de nous emboutir.

— Qu'est-ce qui se passe ?

— Je reviens tout de suite.

Fletch bondit hors de sa voiture, et revint sur ses pas en courant. Un taxi approchait. Il se planta devant lui et le força à stopper.

— Enculé ! Ça va pas la tête ? hurla le chauffeur. Fils de pute ! T'es une espèce de barje ?

Fletch s'appuya à la portière.

— Vous avez un radiotéléphone ? La C.B. ?

— Ouais. Qu'est-ce que vous êtes ?

— Appelez les flics. Quelqu'un a sauté !

— Ouais. Oh, ouais.

L'homme tendit la main vers le microphone accroché à son tableau de bord.

— Où ça ?

— Là-bas. (Fletch agita le bras vers le pont, puis montra sa propre voiture.) Garez-vous derrière moi, voulez-vous ? Vos feux sont plus gros. Et vous avez une lumière sur le toit.

Le taxi démarra.

— Vous y allez ? demanda Fletch.

— Je vais m'approcher pour parler, je pense. Bordel. Saloperie de cinglé.

Fletch le regarda s'arrêter dans le prolongement de sa M.G. Moxie paraissait pâle, dans ses phares.

Fletch enjamba la rambarde qui lui arrivait au genou, puis il descendit sur le rebord inférieur d'une poutre en I. De là, il voyait la rivière loin, loin, sous lui. Les lumières, le clair de lune, et l'éclairage urbain s'y reflétaient, en ondulant sur les paresseuses eaux grasses. Il essaya de se convaincre que le fleuve était trop éloigné pour s'en soucier.

Parallèle au pont, un câble gros comme un tuyau d'égout courait le long de la chaussée. Une traverse métallique permettait de l'atteindre. Fletch y posa un pied. Il n'y avait pas beaucoup de vent, mais il y en avait. Il regarda la femme debout sur le câble, au-dessus des flots. La brise était assez forte pour faire claquer sa jupe.

— Fletch ?

Il perçut la voix de Moxie dans son dos. Il y décela une curiosité sincère, comme si elle était sur le point de lui poser une question.

Il avança l'autre pied et se redressa, les mains libres. Puis se laissa tomber en avant, agrippant le câble de ses deux bras.

Il resta comme ça un moment, la joue contre sa texture glaciale.

— Fletch ? fit Moxie. Je crois que je vais fermer ma gueule, maintenant.

Fletch commença à se hisser, peu à peu. Son estomac envoya une demande de renseignements à son cerveau à propos du vide, sous lui. Il prit son élan et pivota d'un coup sec. Une seconde, il n'eut plus rien pour se retenir...

Et la seconde d'après, il était assis sur le câble, les pieds collés à la traverse. Il sentait le souffle de l'air sur son visage. En face de lui, il voyait, en contre-jour, les silhouettes de Moxie et du chauffeur de taxi.

Pour l'instant, la femme debout sur sa gauche n'était encore qu'une robe flottant au vent. Elle était chaussée d'une seule pantoufle verte en plastique. Ses jambes étaient lourdes, blanches et pleines de varices.

— Salut, dit Fletch d'un ton paisible.

La femme se tourna vers lui. Du fond de ses orbites très creuses, deux grands yeux sombres le transpercèrent. D'épais cheveux noirs dansaient sur ses épaules.

— Qu'est-ce que vous aimez ? demanda Fletch.

Elle le regarda.

— Le chocolat ? insista-t-il.

Elle fit de nouveau face au vent à l'obscurité et au vide, et répondit quelque chose.

— Pardon ? dit Fletch. Je n'ai pas entendu.

Elle l'observa encore, l'air agacé.

— Et vous ? interrogea-t-elle sourdement. Dites-le-moi.

— Le chocolat. Et les oiseaux qui sautillent dans l'herbe ? Ça vous plaît les petits oiseaux qui sautillent dans l'herbe verte ?

Sa réplique se perdit dans le vent.

— Quoi d'autre ? continua Fletch. Et à la télé ?

Elle ne réagit pas.

— Mike Wallace ? Merv Griffin ? Et *Comment va le monde* ? Vous regardez jamais ça ?

Pas de réponse.

Fletch avait la gorge sèche.

— Hé, est-ce que vous vous souvenez de l'odeur d'une voiture neuve ? Vraiment neuve ?

Toujours rien.

— Et l'arôme de biscuits en train de cuire ? Ce n'est pas ce qu'il y a de mieux ?

D'au-dessus, elle se contentait de le dévisager.

— Quel genre de musique ? cria-t-il. L'harmonica ? Le violon ? La guitare ?

Rien.

— Vous savez ce que je préfère ? expliqua-t-il. J'adore voir une page de journal voler doucement dans une rue. Et écouter la pluie — mais vraiment forte —

quand je suis au lit. L'aboiement d'un chiot. Que dites-vous de l'aboiement d'un chiot, hein ?

— Hé ! l'appela-t-elle, Môme...

— Ouais.

— Prends ma main, tu veux ? Je fais dans mon froc.

— Moi aussi, avoua Fletch.

Elle tendit un bras vers lui et vacilla immédiatement.

— Attendez une minute, lança Fletch. Il doit y avoir une meilleure manière de s'y prendre.

Pour se glisser vers elle, Fletch devait abandonner l'appui de la traverse.

— Asseyez-vous, fit-il. Là où vous êtes. Lentement. Soyez prudente.

Elle lui obéit. Son soulier vert pendouillait au bout de son pied.

— Tiens-moi, dit-elle.

Fletch lui prit la main.

— Nous allons attendre les flics, murmura-t-il.

— Qu'est-ce qu'on peut bien foutre ici ? demanda-t-elle.

— Je ne sais pas. Des fois, on se retrouve dans des endroits comme ça.

Elle frissonnait, maintenant.

— Ce n'est pas de ma faute, tu sais. Vraiment pas.

— J'en suis sûr. Dites-moi ce que vous appréciez, dans la vie. Quel est le plus chouette livre que vous ayez jamais lu ?

— C'est une question marrante.

— Eh bien, quel est le plus chouette livre que vous ayez jamais lu ?

— *Beauté Noire.*

— Racontez-le-moi un peu.

Elle réfléchit un moment.

— Je ne me rappelle de rien, avoua-t-elle, sauf que ça m'a plu.

— Hé, super. Vous devriez le relire.

— Ce n'est vraiment pas de ma faute. Crois-moi.

— D'accord. Croyez-moi, je vous crois.

Puis arrivèrent sur le pont deux voitures de police à gyrophares, un camion de pompiers, et enfin le véhicule de la Brigade de Premiers secours. Plusieurs hommes discutaient avec Moxie et le chauffeur de taxi.

Un type avec un casque d'incendie interpella Fletch.

— Prêts à revenir ?

— Sûr, répondit Fletch.

— D'accord, fit-elle.

Depuis le pont, ils installèrent une échelle, et un pompier traversa. Il prit la femme par le bras, l'aida à se lever, et la guida sur l'échelle, en se plaçant derrière elle, la soutenant, la forçant à avancer les pieds. Vu de dos, il ressemblait à un gigantesque enfant faisant marcher une poupée de chiffons.

A mi-chemin, il se retourna vers Fletch.

— Voulez-vous que je revienne vous chercher ?

— Laissez-moi une minute. J'arrive tout de suite. Branchez la cafetière.

Une fois les autres sur le pont, il avança à quatre pattes vers le salut.

CHAPITRE XX

— Vraiment, Moxie, dit Roger Bott, le metteur en scène vêtu d'un léger blazer, ça s'annonce mal. Si tu as tant de retard à un cocktail, comment s'attendre à ce que tu sois à l'heure aux répétitions et aux représentations ?

— Nous avons été retenus sur le pont, expliqua Fletch.

— Tout le monde est retenu par un pont, répliqua Bott. C'est à ça qu'ils servent.

— Nous avons été retardés, répéta Moxie.

Le Colloquial, comme la plupart des théâtres entre deux spectacles, ressemblait à un hybride d'entrepôt crasseux et d'église miséreuse. D'un côté de la scène on avait empilé du bois. De l'autre, sur une longue table pas très propre, traînaient des restes de fromage et beaucoup de bouteilles de vin vides. Dans la salle, s'alignaient des rangs de fauteuils écroulés sous le poids d'une lassitude existentielle faite de pleurs et de rires, de tragédies et de comédies.

Quand Moxie et Fletch avaient pénétré sur la scène, venant des coulisses, les autres membres de la troupe l'avait jaugée, froidement, professionnellement, étudiant sa démarche et ses postures. Personne n'avait exprimé de sentiment plus humain à son égard. Seul Bott s'était approché pour l'accueillir.

— Au moins tu es vivante ! Et tu es arrivée. Il faut remercier le ciel du moindre de ses bienfaits...

— Et j'ai étudié le texte de *Mal d'amour*, répondit-elle d'une petite voix. Roger, je le trouve merveilleux.

— Tu rencontreras l'auteur demain, je pense. Il est venu de New York en avion cet après-midi et a prétendu qu'il était trop épuisé pour tenir debout. Je le soupçonne plutôt de vouloir profiter du temps qu'il va passer ici pour essayer de décrocher un boulot bien payé à la télé. (Il leva les yeux sur Fletch.) C'est le garçon que tu voulais que je rencontre ?

— Je te présente Fletch. Tu as dit au téléphone que tu n'étais pas vraiment satisfait de Sam...

Le metteur en scène se recula, fronça les sourcils et le regarda de haut en bas comme pour estimer la taille de ses vêtements.

— Joli garçon, naturel. Je suppose que vos corps fonctionneraient parfaitement ensemble.

— Vous avez deviné, commenta Fletcher.

— Quel effet ça vous fait d'être nu ? fit Bott.

— Je suis né comme ça.

— Mais pas sur une scène. Pas comme Moxie. Comment se porte ce cher Freddy Mooney, ton invétéré père ?

— Invétéré, merci.

— Mais, mon Dieu, ton copain ne prend jamais de bain ? s'exclama-t-il. Je sais que la crasse branche certaines personnes, mais pas assez pour remplir un théâtre, au prix où sont les places.

— Je suis sale ? demanda Fletch à Moxie.

— Dégoûtant. Bariolé.

— J'aurais juré m'être lavé cet automne.

— D'habitude il est propre comme un sou neuf, expliqua Moxie. Mais, seulement, en venant ici, il a...

— Il a quoi ? Il a traversé la décharge publique à la nage ?

— Sauvé la vie d'une femme. Vous met en sueur, ça.

— Mais est-ce qu'il sait jouer ?

— Non, répondit Fletch. Pas du tout.

— Comme c'est rafraîchissant de votre part de l'avouer ! Finalement, en Californie, j'aurais au moins entendu une nouvelle réplique : *Non, je ne sais pas jouer.* Si vous postulez sérieusement pour le premier rôle masculin de *Mal d'amour,* monsieur Fletcher, ou quel que soit votre nom, je vous informe qu'il vous faudra apparaître nu non pas une fois, mais deux. Je m'assurerai personnellement que vous passerez sous la douche avant chaque représentation. Ensuite ce sera à vous de vous débrouiller tout seul.

Fletch demanda à Moxie d'une voix calme :

— Moxie, mon chou, qu'est-ce que tu mijotes ?

— J'essaie de lui expliquer quel grand acteur tu es, Fletch.

— Mais je ne connais rien à ce boulot !

— C'est faux, tu l'as fait toute ta vie.

— Jamais.

— Tu as besoin du job, Fletch.

— Ce serait rigolo. Toi et moi.

— Horrible !

— Tu n'as pas le choix.

— En réalité, si, j'ai vraiment quelque chose d'autre à faire.

— Quoi ? Interviewer des morts ?

— Moxie !

— De toute façon, intervint Roger, tu devrais rencontrer Sam, Moxie. Ton actuel partenaire masculin. Je veux savoir comment tu le trouves. Ho ! Sam ! appela-t-il.

Un jeune homme brun, aux sourcils épais, se leva d'une pile de planches, de l'autre côté de la scène, et se dirigea vers eux.

— Un singe ! commenta Bott tranquillement. Il marche comme un orang-outang atteint de blennorragie. Des cuisses lourdes. Le public d'aujourd'hui n'aime pas ça. Sam, je te présente Moxie Mooney.

— Salut, dit Sam.

— Salut, répondit Moxie.

— Pourquoi vous ne vous faites pas la bise, les enfants ? Vous allez travailler ensemble.

Chacun d'eux avança le visage pour être embrassé. Après d'indécises et maladroites manœuvres, le baiser fut de pure forme.

— L'histoire du théâtre est écrite, constata sardoniquement Roger Bott.

— Ce sera sympa de bosser avec vous, j'en suis sûre, dit Moxie.

— Ouais, fit Sam. J'ai vu votre père jouer *le Roi Lear*. C'est vrai qu'il a fait un numéro de lancer de couteaux dans une foire, une fois ?

Les yeux de Moxie se rapetissèrent.

— Le courant passe immédiatement, commenta Roger. Le hasard fait bien les choses. Je cours à la maison coucher tout ça dans mon journal, pour la postérité.

— Au revoir, dit Sam.

— Dix heures demain matin, rappela le metteur en scène.

Sam quitta la scène par les coulisses.

Roger Bott soupira.

— Qu'en penses-tu, Moxie ?

— Je ne pense pas. Je joue.

— Tu as au moins le bon sens de l'avouer, mon chou. Pas comme des tas d'autres acteurs que je connais. Ecoutez, dit-il à Fletch. Restez disponible quelques jours. Je ne crois pas que Sam fera l'affaire. Je déteste virer quelqu'un parce qu'il a les cuisses lourdes, mais...

— Quoi ? s'exclama Fletch. Non.

— D'accord, dit Moxie. Ça marche.

— Tous les deux, vous formez une bien meilleure équipe, j'ai l'impression. Vous seriez magnifiques ensemble. Si l'un de vous prenait une douche. Vraiment excitants à regarder.

— Je suis désolé d'être venu à votre soirée la figure sale, dit Fletch.

— La crasse a aussi ses charmes, répliqua Bott. Surtout quand on l'utilise pour faire pousser des tulipes.

— On peut partir maintenant, Moxie.

— On vient d'arriver. Je n'ai pas fait la connaissance de l'équipe.

— J'ai besoin d'une douche.

— C'est vrai, Moxie, assura Roger. Tu verras le reste de la troupe demain matin. Sois là à dix heures. On n'acceptera aucune excuse. (Il tendit un doigt vers Fletch.) Ramène ce garçon à la maison et lave-le !

CHAPITRE XXI

— Je t'ai rendu un service, répéta Moxie pendant la soirée.

Au lit, quand ils se furent douchés, quand ils eurent avalé des sandwiches au beurre de cacahuètes, quand Fletch eut annoncé à Moxie qu'il n'avait aucune intention de devenir acteur et qu'elle lui eut expliqué de nouveau, patiemment, que oui, il allait essayer, qu'il serait sans aucun doute bien meilleur que Sam dans le rôle, que ses jambes étaient plus droites, et quand chacun d'eux eut encore pénétré physiquement celui que son partenaire était à ce moment-là, couchée dans le noir, Moxie demanda :

— Fletcher ?

— Oui, m'dame.

— Où étais-tu ce matin ?

— Quand, ce matin ?

— Je me suis réveillée à trois heures. Tu n'étais pas au lit. Ni dans la salle de bains. Ni dans le reste de l'appartement.

— Je suis sorti faire un peu de cambriolage.

— Merde ! La manière dont tu dis les trucs. J'ai failli te croire. Pas un acteur, hein ?

— T'inquiète pas. Je m'en suis tiré.

— Soit. (Elle s'étira, et posa son bras et sa jambe sur lui pour être plus à l'aise.) Je t'ai rendu un service. Un service de mille dollars ou de vingt-quatre mille, selon le point de vue.

— Répète ça ?

— Eh bien, je t'ai piqué mille dollars. Dans le portefeuille.

— Quoi ?

— Enfin, c'est logique, Fletch. Tu ne dépenses pas cet argent, alors que tu en as vraiment besoin, parce que tu veux pouvoir rendre la somme exacte à son propriétaire. D'accord ?

— D'accord.

— Eh bien, maintenant, c'est impossible. Parce que j'en ai pris mille, tu n'as plus qu'une seule chose sensée à faire : dépenser le reste. Vrai ?

— Tu es sérieuse ?

— Aussi sérieuse qu'une inondation à Abu Dhabi.

— Vicieux !

— Comment ?

— C'est un raisonnement vicieux.

— A peine.

— Moxie, tu as volé mille dollars qui ne m'appartiennent pas.

— Sûr. Te permettant ainsi d'utiliser les vingt-quatre mille autres.

— C'est malhonnête. Tu es un escroc.

— Non, une dame intelligente et rusée.

— Qu'as-tu fait du restant ?

— L'ai caché.

— Où ?

— Dans un endroit où tu ne le trouveras jamais.

— Où cela pourrait-il bien être ?

— C'est à moi de le savoir, et à toi de ne pas le découvrir.

— C'est sûr ?

— Tout à fait.

— Tu as l'intention de te servir de cette somme ?

— Oui, si j'ai envie. Si je trouve quelque chose à mille dollars que je désire, oui.

— Y a-t-il quelque chose à mille dollars que tu désires ?

— Pas pour l'instant. Mais il me viendra probablement une idée, je ne te les ai pas vraiment pris pour les dilapider.

— Oh, non. J'en suis certain.

— Tu laisses entendre que je suis suspecte.

— Pas suspecte. Escroc.

— Fletcher, si tu perdais vingt-cinq mille dollars en liquide, crois-tu que quelqu'un d'autre sillonnerait le pays pour essayer de te les rendre ?

— J'espère bien.

— Alors c'est que tu es un idéaliste légèrement plus frappé qu'Icare.

— De quel Icare parles-tu ?

— Le gars qui s'est envolé vers le soleil avec des ailes attachées par de la cire. Le genre de cire qui fond.

— Oh, cet Icare... Ce genre de cire...

— Ouais. Tombé sur la tête.

— Moxie, le contrat social, ça existe. C'est ce qui fait que le monde tourne rond.

— Je n'ai pas remarqué que Frank Jaffe, ou ton journal, aient observé le moindre contrat social avec toi.

— Bien sûr que si. J'ai déconné, et ils m'ont viré. C'est dans l'ordre des choses.

— On t'a menti à Wagnall-Phipps.

— Charles Blaine. Enid Bradley a essayé de jouer le jeu avec moi. Elle m'a proposé de l'argent pour compenser le dommage subi à cause de Wagnall-Phipps.

— Tu as accepté ?

— Non.

— Elle t'a probablement offert ça pour se débarrasser de toi.

— C'est ce que je crois aussi.

— Dans ton contrat, il est écrit, en outre : « Si tu perds, tu pleures, si tu trouves, tu gardes ».

— A quel endroit ?

— Page 38. Article 74.

— C'est la version pour la jeunesse. De quatre à sept ans.

— Vraiment, Fletch ?

— Moxie, si je trouve ce James St. E. Crandall et que je n'ai plus cette somme ?

— Je viens de te donner une raison — on pourrait appeler ça une *obligation*, d'arrêter les recherches. T'as pas compris ? T'as vraiment l'esprit ramolli.

— T'as truandé mille dollars.

— Je t'ai rendu un service.

— Et si tu cessais un peu ? A sept heures, tu me rends le service de me trouver un boulot de stripteaseur. A onze, celui de m'entuber de mille dollars. Quel est le prochain ? Tu vas me refiler la coqueluche ?

— Pas une mauvaise idée...

— Bordel !

— Tu y réfléchis aussi.

— A quoi ?

— A tous ces merveilleux coups de main que je t'ai filés. Tu te sentiras bien mieux demain matin. Tu réaliseras en te réveillant que tu as vingt-quatre mille dollars à dépenser. Tu es tellement riche que tu peux même te permettre de travailler au théâtre.

— Bonne nuit, chérie.

— 'Nuit, amour. Fais de beaux rêves.

CHAPITRE XXII

Fletch ouvrit la porte de son appartement et se retrouva en train de se regarder lui-même, barbouillé de crasse et de sueur, sur la première page du *News Tribune*.

— Oh, non !

« UN AUTOMOBILISTE EMPÊCHE UNE TENTATIVE DE SUICIDE SUR LE PONT »,

clironnait le gros titre au-dessus de la photo.

Une serviette nouée autour de la taille, il prit le journal, referma la porte et s'assit sur le divan du salon.

Un passant très observateur, prêt à risquer sa vie pour sauver celle d'autrui, a escaladé, la nuit dernière, la superstructure du Guilden Street Bridge et a convaincu une femme qui voulait se suicider de renoncer à son projet.

« En cette vie, nous sommes tous embarqués dans la même voiture » a déclaré Irwin Maurice Fletcher, 24 ans.

Jusqu'à vendredi dernier, Fletcher appartenait à la rédaction du « News Tribune ».

Fletcher a expliqué qu'une robe flottant au vent avait attiré son attention alors qu'il roulait sur le pont...

Le téléphone sonna. Tout en poursuivant sa lecture, Fletch décrocha.

— Allô ?

— Fletch ? C'est Janey. Frank veut te parler.

— Frank qui ?

— Hé, Fletch ! (La voix de Frank Jaffe semblait trop gaie pour un lundi matin.) Tu es à la une !

— C'est déjà arrivé, Estimé rédacteur en chef.

— Le *News Tribune* t'a fait une sacrée pub.

— Je l'ai sur les genoux. Sympa de votre part de préciser au troisième paragraphe que vous m'avez viré la semaine dernière. M'aide beaucoup à nourrir Irwin Maurice Fletcher.

— On a l'air de merdes, hein ?

— En effet.

— Nous étions obligés de le rapporter. Honnêteté journalistique, tu sais ?

— En première page ?

— Ouais, eh bien, je le reconnais — ça pue. Plusieurs personnes, ici, sont plutôt en rogne contre toi, au cas ou tu ne le saurais pas. Ce matin, un vieux commentateur s'est demandé à haute voix pourquoi tu n'avais pas laissé la femme sauter pour l'interviewer ensuite. Après qu'elle se soit noyée, je veux dire.

— J'avais pigé, Frank.

— Certains de ces gars ont des plaisanteries plutôt vaches.

— Dis-leur de faire gaffe, sinon je ne viendrai pas les interroger quand ils seront morts.

— Je ne pense pas que tu aies envie d'entendre le titre qu'ils voulaient passer ?

— Je ne pense pas non plus.

— Tu pourrais.

— J'en doute.

— Malgré ton irrépressible sens de l'humour ?

— D'accord, Frank, vas-y. Je n'ai pas encore pris mon petit déjeuner.

— C'était : « LE HÉROS DU GUILDEN STREET BRIDGE MIS A LA PORTE PAR LE JOURNAL A QUI VOUS FAITES CONFIANCE. »

— Trop long. Pourquoi m'as-tu appelé, Frank ? Pour me féliciter ?

— Bon Dieu, non. J'ai toujours su qu'au baratin tu

serais capable d'arracher son écorce à un arbre... Une femme à un pont, ce n'est donc pas un gros exploit. Pas pour toi.

— Pourquoi as-tu téléphoné ?

— C'est lundi matin, et je suis au bureau.

— Et alors ?

— Tu avais parié que je n'y serais pas. Tes infâmes calomnies sur la cuisine de Clara.

— Tu dois avoir un estomac de chèvre, Frank. Tu en as déjà les cornes.

— En réalité, je réfléchissais, Fletch.

— Je sens la fumée d'ici.

— Tu écris plutôt bien.

— Quand j'en ai l'occasion.

— Tu l'as. Je te la donne. Je pense que tu tiens un récit de première main, tu sais ? Un grand article.

— Par exemple : « COMMENT JE L'AI CONVAINCUE DE NE PAS SAUTER DU PONT, PAR I. M. FLETCHER. » C'est ça ?

— Ouais.

— Non, merci, Frank.

— Pourquoi pas ? Tu as quelque chose d'autre à faire, aujourd'hui ?

— Oui.

— Nous te paierons. Tarif des pigistes.

Les pigistes étaient rémunérés à la petite cuillère.

— Bon sang, Frank, merci. Mais je ne travaille plus pour vous. Tu te souviens ?

— Ça pourrait faire oublier ta mauvaise réputation.

— Et augmenter ton tirage.

— Aussi.

— Tu sais quoi, Frank ? Tu n'es pas un mauvais rédacteur en chef — même si tu enterres cette histoire de voitures vendues à la Police d'Etat par le frère de l'attaché de presse du gouverneur...

— Tu sais quoi, Fletch ? T'es pas un mauvais gosse — même si tu déterres des cadavres.

— A un de ces jours, Frank.

— Salut, Fletch.

Quand Moxie entra dans le salon, elle parcourut le journal et dit :

— Tu n'as pas vingt-quatre ans.

Toujours sur son divan, Fletch secoua la tête tristement.

— Ce qui te prouve qu'il ne faut jamais croire tout ce qui est écrit dans le journal.

Il la regarda. Elle ne portait que sa vieille chemise en jean déchirée.

— Allez. Habille-toi. Je t'emmène au théâtre.

— Où est le petit déjeuner ?

— Au même endroit que ce billet de mille dollars que tu as volé hier.

Elle lui jeta un regard noir.

— Et c'est où ?

Il haussa les épaules.

— Si seulement je le savais !

CHAPITRE XXIII

— Vous êtes le directeur de cette banque ? demanda Fletch à un maigrichon vêtu d'un complet fatigué, assis à un grand bureau de l'autre côté du comptoir.

— En effet. (L'homme lui sourit chaudement.) Vous ressemblez à quelqu'un qui aimerait un prêt pour acheter une voiture. Nous avons ce qu'il vous faut. A un taux intéressant.

— Non, merci. C'est déjà fait. (Fletch agita un billet de mille dollars.) Je veux savoir si c'est un vrai.

Le directeur lui fit signe de s'approcher. Il prit la coupure et la palpa comme un marchand de vêtements examine un tissu. Il étudia, avec un soin tout particulier, la gravure en filigrane de Grover Cleveland.

— Avez-vous la moindre raison de douter de son authenticité ? interrogea-t-il.

— Bien sûr. C'est le premier que je vois de ma vie.

— Les Grover Cleveland sont plutôt rares.

— C'est le type qui est dessus ? je pensais que c'était Karl Marx.

Le directeur leva les yeux vers lui, choqué.

— Karl Marx ?

Fletch haussa les épaules.

— Parce que les reproductions de Karl Marx, elles aussi, sont peu courantes.

Le directeur eut un petit rire.

— Il me semble normal.

— Vous me feriez la monnaie ?
— Evidemment.
Fletch en sortit un autre.
— Celui-là aussi ?
Le directeur l'examina encore plus soigneusement.
— Où les avez-vous eus ?
— Mon employeur est légèrement excentrique. Il déteste les chèques.
— Vous devez être bien payé. (L'homme lui jeta un regard scrutateur.) Je vous ai déjà vu quelque part.
— Vraiment ?
— Votre photo. Très récemment.
— Oh, ça, dit Fletch. Je suis sur le billet de cinq mille dollars.
— Peut-être sur un avis de recherche ? gloussa l'autre. De quoi avez-vous besoin ?
— Des coupures de cent, vingt, dix et cinq dollars.
Le directeur se leva.
— Vous voulez les dépenser facilement, c'est ça ?
— Oui.
— Je reviens tout de suite.
Ce qu'il lui ramena était plus encombrant que ce qu'il avait prévu. L'homme compta l'argent, sur le bureau, en face de Fletch.
— Merci.
Fletch eut du mal à tout ranger dans ses poches.
— C'est bizarre, dit le banquier. (Il observa avec attention le visage de Fletch.) Je suis certain de vous connaître. C'était ce matin, je crois.
— Vous avez lu les blagues du journal ?
— Oui. Dans le bus.
— Alors c'est là, dit Fletch.

— Quand le complet sera-t-il prêt ?
— Dans dix jours.
— Trop tard !
— Pour quand en avez-vous besoin ?
— Mercredi.

— Nous sommes lundi.

— Disons, jeudi matin.

— Nous verrons ce que nous pouvons faire.

Dans cette boutique de luxe, en dehors d'un costume d'homme d'affaires, sérieux et bien coupé, Fletch acheta des chemises, des cravates, des chaussures, dont une paire de tennis, des shorts, des polos de sport et une valise.

— Vous partez en vacances ? demanda le vendeur.

— Oui, j'aimerais tout emporter, sauf le complet.

— Certainement, monsieur Fletcher. Comment payez-vous ? Nous acceptons les chèques.

— En liquide.

Fletch sortit de sa poche une poignée de billets en vrac.

— Très bien, monsieur. Nous allons préparer vos paquets.

— Inutile. Je mets tout dans la valise.

Ce qu'il fit, tandis que l'employé rédigeait la facture et lui rendait sa monnaie.

— Monsieur Fletcher, fit l'homme doucement. Je me demande si vous accepteriez un cadeau de chez nous.

— Un cadeau ?

— Vous avez fait une chose assez merveilleuse la nuit dernière — sauver cette femme.

— Vous êtes au courant ?

— Tout le monde l'est. (Les yeux du vendeur étudièrent l'épaisse moquette du magasin.) Il y a un an, notre caissier s'est retrouvé dans une situation similaire. Personne n'a compris...

— Les gens lisent donc vraiment les journaux... murmura Fletch.

— Nous sommes fiers de vous compter dans notre clientèle.

Fletch remarqua soudain que plusieurs autres personnes s'étaient approchées et le regardaient. L'homme lui tendit une boîte contenant une brosse et un peigne en argent.

— Eh bien ! s'exclama Fletch.

— Fabriqués en Angleterre, expliqua le vendeur.

— C'est très beau. (Fletch lui serra la main.) Vraiment gentil de votre part.

— Les gens sont si égoïstes...

Il avait l'air gêné...

— Merci.

La valise dans une main et la boîte dans l'autre, Fletch se dirigea vers la sortie.

Tout le monde lui souriait et il fut même applaudi.

— Vous ne voulez pas aller à San Orlando, affirma la femme outrancièrement maquillée et vêtue d'une veste cintrée.

Sur le mur de l'agence de voyages, des affiches vantaient les délices d'Acapulco, d'Athènes, de Nice, de Naples, d'Edimbourg, d'Amsterdam et de Rio de Janeiro. Fletch avait envie de visiter toutes ces villes.

— Je dois, assura-t-il.

— Personne ne *doit* aller à San Orlando.

L'écouteur à l'oreille, elle attendait les informations de la compagnie d'aviation.

— Vous savez où c'est, Puerto de San Orlando ? Tout en bas de la côte mexicaine. Vous mettrez un temps fou. Et c'est encore en construction. A peine commencé. Un seul hôtel. La chaleur y est insupportable, sans parler de la poussière.

— Allô ?

Elle nota les renseignements.

— C'est terrible ! dit-elle, en raccrochant. Des correspondances abominables tout le long. Beaucoup trop cher, pour ce que c'est. Si vous attendiez quelques années, le temps qu'ils développent un peu le coin...

S'appuyant au comptoir, elle lui expliqua tous les inconvénients de cette expédition.

— Parfait, répondit Fletch. Une réservation pour une personne, s'il vous plaît.

— Une personne ?

Elle avait l'air sincèrement choquée.

— Oui.

— Bon sang ! C'est *aussi* dur que ça d'être un héros ? (Elle s'assit à son minuscule bureau.) Date de retour ?

— Mercredi.

— Mercredi ? Nous sommes lundi.

— Je dois revenir pour chercher un complet neuf, expliqua Fletch. Jeudi matin.

Elle glissa le formulaire du billet d'avion dans sa machine à écrire.

— Certaines personnes ont une drôle d'idée de la rigolade. C'est parfait, je présume, tant qu'ils peuvent blâmer les agences de voyages.

CHAPITRE XXIV

— Hé, Fletch ! s'exclama Alston Chambers au bout du fil. Tu es de nouveau un héros sans emploi !

Confortablement installé sur le divan de son appartement, Fletch posa la cafetière sur la première page du *News Tribune*. Moxie avait laissé traîner le journal sur la table basse.

— Je vais finir par croire que c'est ta condition naturelle, poursuivit Alston. Héroïquement au chômage.

— Bordel, c'tait qu'dalle, je t'assure.

— Moi, je n'aurais pas grimpé sur ce câble pour un million de dollars. Un million, plus la petite monnaie. Surtout dans le noir.

— En réalité, je n'ai rien décidé, Alston. Je l'ai fait, c'est tout.

— C'est une bonne chose que tu sois si écervelé, Fletch.

— Je t'appelle trop tôt ? demanda Fletch dont la montre indiquait deux heures et demie.

— Non. J'ai joint l'ambassade des Etats-Unis à Genève. Ils m'ont répondu au bureau avant midi. Le nom que tu m'as donné, c'était bien Thomas Bradley : B-r-a-d-l-e-y ?

— Ouais.

— Aucun citoyen américain de ce nom-là n'est mort en Suisse.

— Jamais ?

— Jamais.

Fletch admirait sa valise posée sur le sol juste derrière la porte d'entrée.

— Ils connaissent aussi les décès dans les cliniques privées ?

— Ils disent que oui. Ils m'assurent que leurs statistiques sont sûres à cent pour cent. Et je penserais volontiers que c'est vrai.

— Même si le gars était incinéré ?

— Je leur ai demandé de vérifier les morts, les enterrements, les rapatriements de corps, et ce, en toutes circonstances. L'administration suisse, tu sais, laisse le reste du monde rouge de honte. Ton gars n'a pas tiré sa révérence là-bas. Tu as entendu les informations de midi ? Le maire a annoncé qu'il te décernait la Médaille du Bon Citoyen du Mois.

— Le mois n'est pas encore fini. Et les cendres ?

— Ah, ouais, je les ai déposées au labo de la police en allant au boulot. Pourquoi me les as-tu données, de toute façon ?

— Quel résultat ?

— Ces beaux messieurs en blanc m'ont appelé à mon retour du déjeuner pour demander si le D.A. avait réellement commandé ces analyses. J'ai assuré solennellement que le D.A. les voulait. Je ne lui ai pas précisé que par *D.A.* j'entendais un *Derche Abject* dénommé Fletcher.

— Alston...

— Tapis.

— Comment ?

— Tu sais, comme une moquette ? C'étaient les cendres d'un tapis tissé de grande qualité. Probablement persan.

— Tu blagues ?

— Une certaine quantité d'un dérivé pétrolier, ont-ils précisé, sans doute du kérosène, quelques cendres de bois, du pin, d'après eux, et un petit peu de terre et de sable.

— Ces gars ne se tromprent jamais ?

— Ecoute, Fletch, ils s'occupent des analyses de tous les incendies criminels de l'Etat. Ils savent reconnaître un tapis brûlé quand ils en voient un. Ils étaient très curieux de savoir sur quel cas d'incendie volontaire nous travaillions. Au fait, Fletch, sur quel sinistre bossons-nous ?

— Aucun, que je sache.

— Moxie cramerait-elle ses souvenirs de famille pour décrocher un rôle dans la *Walkyrie* ?

— Quelque chose comme ça.

— Fletch, Audrey avait-elle raison ?

— Sans doute. A quel sujet ?

— Es-tu sur un meurtre ?

— Je n'en sais rien pour le moment.

— Que sais-tu donc pour le moment ?

Fletch réfléchit un instant.

— Je sais que Thomas Bradley était un tapis.

Chère Moxie,

Parti au Mexique voir un homme à propos d'une carpette. Essaie de te débrouiller seule pour le dîner. Si tu prends quoi que ce soit dans le réfrigérateur, laisse, s'il te plaît, un billet de mille dollars dans le bac à glace. Je serai sans doute rentré mercredi soir.

CHAPITRE XXV

En fin de matinée, le soleil sur l'océan Pacifique et le sable blanc de la plage de San Orlando étaient aveuglants et étourdissaient le malheureux voyageur qui avait passé la plus grande partie de la nuit précédente à faire des sauts de puce en avion. Fletch était arrivé à l'hôtel à 2 h 45 du matin, avait découvert qu'il n'y avait plus rien à manger, avait sommeillé trois heures, et trop affamé pour dormir plus, avait nagé dans la piscine jusqu'à l'ouverture du restaurant à sept heures, où il avait dévoré un steak, des œufs, du bacon, des frites et des tomates, puis était parti à la plage et s'était rendormi.

La femme de l'agence avait raison : la température était insupportable et les correspondances abominables : trois vols différents avec, à chaque fois, une attente plus longue que le voyage lui-même. Effectivement, les travaux avaient à peine commencé à Puerto de San Orlando : il manquait des murs entiers à l'hôtel, et, tout autour, c'était le paysage typique des grands chantiers : les herbes folles poussaient entre les blocs de ciment. Des sentiers défoncés menaient du bar à la salle à manger, et à la piscine. Le vacarme des bulldozers, des marteaux piqueurs et des scies stridentes emplissait l'air poussiéreux.

Fletch prit une table pour deux dans le bar au toit couvert de palmes, de plain-pied sur la plage, et commanda une pression. Malgré la chaleur torride, la bière n'était pas fraîche. Son trajet nocturne, le soleil de plomb et le sel de l'eau de mer lui brûlaient les yeux. Il but lentement sa bière et commanda un Coca-Cola. Pas frais non plus.

Juste avant midi, il vit Charles Blaine traverser le hall et se diriger pesamment vers le bar. Vêtu d'un bermuda écossais et d'une chemise de sport jaune, il portait des lunettes à épaisse monture d'écaille.

Quand il arriva à l'ombre du toit, il s'arrêta et jeta un coup d'œil alentour. Son regard dépassa Fletch, assis à sa table en maillot de bain, papillota et revint sur lui. Blaine fronça les sourcils comme un comptable repérant de l'encre rouge sur des colonnes de chiffres suspectes. Il se retourna pour partir, mais, apparemment, changea d'avis, examina Fletch de nouveau, hésita un court instant et s'approcha de sa table.

— Vous feriez un bon inspecteur des impôts, lui dit-il, vous n'abandonnez pas.

Fletch tourna la tête vers le large.

— J'aurais pu être aussi un excellent journaliste. Dommage que je n'arrive pas à trouver de boulot dans cette branche.

Blaine posa la main sur le dossier de la chaise vide.

— Dois-je m'asseoir ?

— Je ne suis pas venu à Puerto de San Orlando, répliqua Fletch lentement, pour boire de l'eau.

Blaine s'assit.

— Voulez-vous prendre quelque chose ? s'enquit le jeune homme. Bière bouillante ou Coca chaud ?

— Gin tonic.

— Ça paraît bien, dit Fletch. Pour moi aussi.

— Le Mexique a d'excellents citrons, précisa Blaine.

— Je le crois volontiers.

Ils passèrent leur commande à une serveuse dont les hanches débordaient comme des coulées de lave sur les flancs d'un volcan.

— Bonnes vacances ? demanda Fletch.

— Oui, merci.

— Un endroit plutôt loin de tout, que vous avez choisi pour votre congé, dites donc.

— Ce n'est pas trop cher — une fois que vous y êtes.

Charles Blaine énuméra alors les prix exacts de l'intégralité de ce qu'on pouvait acheter à Puerto de San Orlando, Mexique, en pesos et en dollars — tout ce qui pouvait être mangé, bu ou porté, ainsi que le moindre souvenir.

— Comment se porte votre dépression nerveuse ? dit Fletch.

— J'en ai une ?

— Enid Bradley le prétend.

— Vraiment ? L'un de nous deux souffre peut-être de cette maladie — Enid ou moi.

— D'après elle, c'est vous. Elle affirme que vous aviez tant d'affection pour son mari que vous ne pouvez le laisser reposer en paix. Qu'il vous est impossible d'admettre sa mort. Que vous continuez à faire référence à lui au présent.

— Moi, de l'attachement pour Thomas Bradley ?

— Vous ne l'aimiez pas ?

— C'était mon patron. J'éprouvais autant de sentiments pour lui que pour ma table de travail, mon fauteuil, mon classeur ou ma machine à calculer. C'était un équipement de bureau comme un autre. Aussi aisément interchangeable, dans ma vie, que n'importe quel patron.

— Il semble pourtant prouvé que, pour perpétuer son souvenir, vous allez jusqu'à falsifier des mémos...

Un petit sourire fuyant dansa sur les lèvres de Blaine.

— Pourquoi êtes-vous ici, Fletcher ? Quelle est votre question ?

Fletcher regarda innocemment Charles Blaine.

— Thomas Bradley était-il réellement un tapis ?

Blaine fronça les sourcils.

— Je ne vous comprends pas.

— Ça ne m'étonne pas. Je ne vous comprends pas non plus.

Le trésorier vida son verre et fit signe à la serveuse de lui en apporter un second.

— Passer ses vacances au Mexique, expliqua-t-il, suffit à vous transformer en poivrot. L'air est brûlant et sec, et l'ordre de ne pas boire de flotte y est très populaire. Parce que l'eau du Mexique a la réputation de causer la diarrhée, dans ce pays, les ventes d'alcool sont approximativement 300 % plus fortes que la moyenne. Je l'ai calculé.

— Personne n'est plus cynique qu'un bon comptable.

— Exact, avoua Blaine. Ou qu'un bon journaliste, je suppose.

— Si nous sommes si bons tous les deux pourquoi sommes-nous assis ici, au bord du monde, en même odeur de sainteté vis-à-vis de nos employeurs que le démon de midi ?

Blaine sirota son deuxième cocktail.

— Dois-je comprendre que vous avez perdu votre emploi ?

— Ouais. Et ma carrière est foutue. A l'heure actuelle, je ne pourrais même pas trouver de boulot au *Butane-Ville Gazette*.

— Un tel journal existe ?

— La tante de votre femme dit que votre esprit fonctionne irrémédiablement au premier degré.

— Gina ? Vous avez discuté avec elle ?

— Bien sûr. C'est comme ça que je vous ai retrouvé.

— En quelque sorte, elle est...

— ... Gaie ?

— Ouais.

— Et très gentille. Ce qui, d'après le dictionnaire Fletch, signifie qu'elle m'a nourri.

— Je suis surpris que vous ayez eu la ressource de me rejoindre. Je veux dire la ressource financière. L'argent.

— Je ne l'ai pas. C'est Wagnall-Phipps qui paye vos soi-disant vacances ?

— Oui, admit Blaine.

— Je suis heureux qu'Enid Bradley ne vous ait pas donné l'ordre d'aller faire votre dépression nerveuse sur McDonald Island.

— Où c'est ?

— Pourquoi ne pas cesser d'être si terre à terre en ce qui concerne le superficiel, monsieur Blaine, pour être un peu plus sérieux sur l'essentiel ?

Charles Blaine hocha la tête, comme s'il donnait son accord aux résultats difficiles d'une longue négociation.

— D'accord. (Il se laissa aller contre le dossier de sa chaise.) Je suppose que je dois vous demander pardon.

— Nous y voici.

— J'admets que je vous ai... utilisé. Intentionnellement. Pas vous, personnellement. Mais la presse. Je n'ai pas pensé que cela poserait de problèmes. Et j'ai oublié que les médias sont faits de gens de chair et de sang pouvant être meurtris.

— Merde, dit Fletch. J'ai oublié mon violon.

— Je vous faisais des excuses.

— Considérez-les comme acceptées, jusqu'à ce que vous entendiez un autre son de cloche. Maintenant, s'il vous plaît, venez-en aux faits.

— C'est ce que je ne connais pas. Et que je veux découvrir. Vous pouvez difficilement m'en blâmer.

— De cela aussi, il en sera décidé plus tard.

— Je travaillais — *je travaille* — pour Wagnall-Phipps, Inc. Rien à voir avec l'une des quarante premières compagnies du monde, mais, tout de même, une bonne petite maison solide, source d'un honnête profit. Thomas Bradley, fondateur et président du conseil d'administration. Un type judicieux, tranquille, excellent homme d'affaires. A part les longues histoires cochonnes qu'il aimait raconter.

— Vous n'appréciiez pas ses blagues ?

— Ne les comprenais pas, surtout. Ma femme et moi menons, comment dire, une existence plutôt conventionnelle. Depuis toujours.

Blaine éternua.

— Je suis prêt à le parier, fit Fletch.

— Un patron efficace. Marié à Enid depuis vingt ans, ou peut-être plus. Deux enfants.

— Je sais tout ça.

— Pratiquait l'équitation par hygiène, par plaisir ou pour n'importe quelle autre raison qui vous fait monter à cheval.

— C'est bon pour la digestion.

— Puis j'ai commencé à entendre dire qu'il était malade.

— Par qui ? Et quand ?

— Alex Corcoran. C'est vrai qu'à côté de lui tout le monde semble souffrant. C'est un gros homme florissant. Joue au golf presque chaque jour. Parfait. Il fait gagner plus d'argent à Wagnall-Phipps sur les links que l'ensemble du service commercial.

— Quand Alex vous a-t-il parlé de la santé de Thomas Bradley ?

— Deux ans environ. Je ne me souviens pas de la date exacte. Je l'ai peut-être d'abord remarqué moi-même.

— Qu'avez-vous constaté ?

— Une perte de poids. Tom semblait... plus calme. Plus réservé. Troublé.

— Vous avez donc compris que quelque chose n'allait pas.

— Oui. Puis on nous a annoncé qu'il partait en Europe pour suivre un long traitement. Pas d'autre précision. Quand on ne spécifie rien en de telles circonstances, eh bien, on pense au pire... Le cancer.

— Ainsi personne n'a demandé d'explications supplémentaires, c'est ça ?

— Oui. On nous a seulement prévenus qu'en son absence, Enid ferait fonction de présidente. Elle s'est bien débrouillée, d'ailleurs. Quand je lui posais une question à laquelle elle n'avait pas de réponse immédiate, elle me la donnait le lendemain, et c'était toujours ce qu'il fallait.

— Comment expliquiez-vous ça ? Elle discutait avec Thomas Bradley pendant la nuit ?

— Sans doute. Au début, cela me paraissait logique parce que le matin, une ou deux fois par semaine, je recevais des mémos détaillés de Bradley — Thomas, je veux dire. Rien de personnel. Des notes de service qui ne concernaient que les jeux d'écriture de la compagnie.

— Qu'entendez-vous par *recevoir* ? Au courrier ?

— Non. Je les trouvais sur mon bureau. J'ai présumé qu'Enid les apportait et me les laissait.

— D'accord. Il était quelque part à l'hôpital, peut-être en Europe, mais il restait en contact téléphonique avec son épouse et gardait le pied à l'étrier, en communiquant avec son trésorier par son intermédiaire...

— Oui. Puis, en novembre dernier, un vendredi après-midi, le bruit a couru que Thomas était mort. Vous savez comment les rumeurs se propagent, dans ces cas-là : personne n'affirme rien, mais l'ambiance se modifie. Les gens marchent différemment. Leurs expressions changent. Vous devinez d'abord que quelque chose ne va pas, puis vous essayez de découvrir quoi. Vous voyez ce que je veux dire ?

— Oui. Mais je ne comprends pas qu'un homme qui fonctionne au premier degré comme vous puisse en rester là. S'il y a le moindre petit truc caché à un endroit ou à un autre, j'imagine que vous le cherchez.

— C'est exact. J'étais soucieux. Vers huit heures, ce soir-là, j'ai téléphoné à Alex Corcoran. Comment dire ? Il avait bu. Et paraissait terriblement bouleversé. Cela a confirmé mes soupçons.

— Il vous a déclaré que Thomas Bradley était décédé ?

— Oui. Son élocution, comme sa respiration, étaient irrégulières. D'après lui, Enid traversait une période difficile. Il m'a demandé de ne pas évoquer la question avec elle. Elle était forte Elle ne voulait ni condoléances ni fleurs, et n'envisageait aucun service religieux.

— Cela vous a semblé étrange ?

— Pas réellement. Les Bradley menaient une vie très paisible. Retirée, en quelque sorte. A ma connaissance, ils avaient peu d'amis, s'ils en avaient. Ils entretenaient des relations de pure forme avec les employés. De toute façon, Alex, en un style plutôt éméché, m'a demandé de me taire.

— Et vous lui avez obéi.

— Non. Lundi, j'ai été surpris de voir Enid au bureau. Elle n'est partie en Suisse que le mardi.

— Vous saviez qu'elle devait faire ce voyage ?

— Laissez-moi réfléchir. Alex Corcoran me l'avait dit.

— Parce que c'était là que Thomas Bradley était mort ?

— Oui. C'est ce que j'ai compris.

— Combien de temps a-t-elle été absente ?

— Oh, elle est rentrée à la fin de la semaine suivante. Jeudi ou vendredi.

— Dix jours, en gros, donc.

— Oui. C'était normal. Mais comme tout salarié intelligent ou non, je me suis demandé quel effet ce décès aurait sur la marche de la société.

— Et alors ?

— Zéro. Aucune conséquence. En dehors du témoignage d'Alex Corcoran, personne d'autre ne parla jamais de la disparition de Thomas Bradley.

— Vous acceptiez ça ?

— Plus ou moins. Enid n'est pas une femme très chaleureuse, mais on aurait pu penser qu'elle planterait quand même une fleur quelque part à la mémoire du défunt. Rien. Elle continua à remplir les fonctions de présidente, sans être vraiment nommée légalement.

— Je comprends... Francine.

— La routine continua. Je m'attendais à des mouvements de fonds et à ces petits signes évocateurs d'un changement, comme une réduction des dépenses, la cession de certains actifs ou des transferts d'actions. Mais non. Evidemment, les parts sont détenues par une grande machine nommée *Bradley Family & Co.*

— Et les droits de succession, les taxes fédérales et tout ça ?

— D'après moi, ces gens avaient assez de fortune personnelle pour régler ces formalités sans toucher au capital de la société.

— Etait-ce possible ?

— Oui. Les Bradley n'ont jamais mené un grand train de vie. Autant que je sache, ils n'avaient qu'une maison, quatre voitures et un cheval. Combien ça coûte de nourrir une jument ? Les seules dépenses supplémentaires venaient des frais de scolarité de leur fils.

— Ils auraient pu aussi bien foutre cet argent par les fenêtres.

— Pourquoi dites-vous ça ?

— Donc, monsieur Blaine, jusqu'alors tout était transparent ?

— Pas vraiment. J'ai dit que les habitudes n'avaient pas changé. Manifestement, pendant les conférences, Enid ne savait ni répondre à certaines de nos questions, ni ce qu'il fallait décider. Et, le lendemain, elle arrivait toujours avec les réponses adéquates.

— Et pourtant, elle n'avait plus son mari au bout du fil, constata Fletch.

— A moins que la Compagnie des Téléphones n'ait tenu secrètes certaines de ses inventions...

La bedaine de Charles Blaine tremblota sous le choc de cet humour inattendu.

— Vous connaissiez la sœur de Thomas Bradley, Francine ? demanda Fletch.

— Oui. Si j'ai bien compris, elle et Tom étaient très proches. Elle est rusée en affaires. Tom la consultait souvent.

— Enid aurait pu être conseillée par elle, non ?

— Je suppose.

— Savez-vous qu'Enid n'est qu'une directrice intérimaire ? Que Francine va arriver pour reprendre Wagnall-Phipps ?

Charles Blaine sourit.

— Vous en connaissez plus sur cette affaire que la semaine dernière, lors de notre première discussion, on dirait, monsieur Fletcher !

— Oui. J'ai mené, ces jours-ci, l'enquête que j'aurais sans doute dû entreprendre à ce moment-là. Mais sincèrement, je ne suis toujours pas persuadé qu'une minuscule entreprise sans importance comme Wagnall-Phipps méritait deux colonnes dans le *News Tribune.*

— Pour quelle raison ne lâchez-vous pas, alors ?

— J'en vaux la peine. Je suis un bon journaliste. Blaine arrangea ses lunettes qui glissaient sur son nez à cause de la transpiration.

— Je suis au courant, pour Francine. Votre hypothèse, qu'elle apporte son soutien à Enid, est légitime, à mon avis. Raisonnable. Sensée.

— Merci.

— Mais n'explique pas les mémos.

— Enfin.

— Ils continuaient à me parvenir. Au début, je me suis dit simplement qu'ils suivaient leur cours, et m'arrivaient avec du retard.

— Analyse légitime. Sensée. Raisonnable, persifla Fletch.

— Jusqu'à ce qu'ils fassent référence à des événements économiques qui s'étaient produits après la mort de Thomas Bradley...

— Après ?

— J'ai dit *après,* bordel ! *Après !*

— Inquiétant, murmura Fletch.

— Suffisamment pour qu'on se pose des questions.

— Je vous crois.

— Et pas signés, bien sûr. Seulement des initiales, que n'importe qui pouvait imiter. Vous les avez vues, puisque vous avez lu les mémos.

— Oui. C'est là que le bât blesse. Vous me les avez montrés.

— Pourquoi me blâmer d'avoir fait preuve de curiosité ? Surtout que le style n'a pas varié d'un iota — encore que je ne sois pas vraiment un spécialiste en la matière. Je vous ai communiqué des notes d'avant l'annonce de la mort de Thomas Bradley et d'après. Avez-vous remarqué la moindre différence ?

— Personne ne m'avait prévenu qu'il fallait que j'en cherche une, merci.

— J'étais intrigué.

— Tant mieux pour vous. Avez-vous discuté de ça avec quelqu'un ?

— Avec Alex. Il a semblé ne pas saisir un mot de ce que je lui ai raconté. Il n'a jamais compris. Je crois que je ne parle pas assez fort pour lui.

— Il a réagi, quand même ? Vous les lui avez mis sous le nez, pas vrai ?

— Il les a à peine regardés. Il n'écoutait pas. Suis allé le voir deux fois, dans l'espoir que la bizarrerie de la chose le ferait bouger. Tout ce que j'ai tiré de lui fut : *Pour l'amour de Dieu, foutez la paix à Enid, d'accord ?*

— Et vous vous êtes écrasé ?

— Je suis un simple employé, monsieur Fletcher.

— D'accord, monsieur Blaine. Quelle conclusion avez-vous tiré de cet embrouillamini ? A moins que vous ne soyez persuadé, évidemment, que certaines personnes ont la faculté de communiquer avec l'au-delà.

— Je n'aime pas les conjectures. Je veux *savoir.*

— Vous avez tout de même vécu cette sinistre situation un bon moment...

— Quelques mois.

— Qu'en pensiez-vous, à l'époque ?

— Qu'Enid Bradley les avait rédigés et signés des initiales de son mari pour leur donner plus de poids, ou bien...

Blaine haussa les épaules.

— L'impatience me coupe le souffle, assura Fletch.

— … Qu'ils avaient été écrits par Francine, qui imit ses initiales, ou encore…

— Deux rames, et une barque avance.

— … Que Thomas Bradley n'était pas mort.

— Trois rames, et elle tourne en rond.

— Que voulez-vous dire, monsieur Fletcher ?

— Que vous aussi pourriez être le coupable.

— Mais pourquoi ?

— Parce que vous êtes fou.

— Oui, de votre point de vue, cette possibilité tient debout.

— Et quelle solution préférez-vous ?

— Vous oubliez une dernière éventualité. Quelque chose qui m'a angoissé. Je me considère comme un homme d'affaires responsable, voyez-vous. Je suis expert-comptable agréé. Cette idée m'a empêché de dormir des nuits entières.

— Et c'était… ?

— Qu'un parfait étranger dirigeait la compagnie par l'intermédiaire d'Enid. Quelqu'un d'irresponsable. Enid n'aurait pas été la première veuve à tomber dans les griffes d'un parvenu sans scrupules, d'un charlatan, d'un gigolo ambitieux, d'un tout ce que vous voulez…

— Les mémos donnaient-ils cette impression ? Etaient-ils nuls ou délirants ?

— Absolument pas. Mais certains de ces aventuriers sont brillants. Ils peuvent avoir raison neuf fois sur dix. Et c'est leur dixième ordre qui fout tout en l'air.

— Eh bien, monsieur Blaine, je n'avais pas pensé à ça.

— Moi, oui. Et ça m'a fichu la trouille. Vous avez affirmé à plusieurs reprises que je suis très terre à terre. En fait, c'est de l'honnêteté. Il y avait anguille sous roche, et je devais la débusquer.

— C'est alors qu'entre en scène le pauvre journaliste du *News Tribune*…

— Je vous ai montré, à ce moment-là, ce qui dirigeait vraiment Wagnall-Phipps. Sincèrement.

— Des notes rédigées par un macchabée.

— Si vous voulez.

— Cependant, vous n'avez pas été assez scrupuleux pour me le préciser.

— Je vous ai demandé pardon, tout à l'heure.

— Flûte ! dit le bourreau, après avoir laissé tomber la lame !

— Je n'ai pas imaginé une seconde que vous risquiez d'être mis à la porte. J'admets m'être servi de vous. J'essayais de sortir cette histoire au grand jour. J'avais certaines responsabilités. Qui, bon sang, dirigeait Wagnall-Phipps ?

— Et qui, monsieur Blaine, profite de la mort de Thomas Bradley ?

— Je ne sais pas. A première vue, personne. Les actions appartiennent au groupe familial, dont je ne connais pas la nature exacte. Je n'ai jamais entendu parler non plus de la moindre assurance-vie souscrite par Bradley. Et, émotionnellement, je ne vois pas qui pourrait tirer parti de sa disparition.

— Voilà un point intéressant : *émotionnellement*.

— Sous-entendez-vous qu'il aurait pu être assassiné ?

— Monsieur Blaine, j'ai une surprise pour vous. Etes-vous prêt ?

— Oh, j'adorerais posséder certaines réponses.

— Hélas, c'est juste une surprise. Ça ne résout rien.

— Alors ?

— Thomas Bradley n'est pas mort en Suisse. J'ai vérifié.

Charles Blaine dévisagea Fletch un long moment.

— C'est une question plus qu'une réponse, n'est-ce pas ?

— Précisément.

Blaine se pencha, les coudes sur la table.

— Pour être franc, avoua-t-il, je pense que le ministère des Finances est le principal bénéficiaire du décès de Thomas Bradley.

— Et personne n'a payé d'impôts sur l'héritage ?

— Exactement. Et cela me pose un problème supplémentaire. Je n'ai pas l'intention d'être complice d'une fraude fiscale. Je ne veux même pas être soupçonné.

— Je vois. Mieux valait ruiner ma carrière plutôt que la vôtre.

Blaine était en sueur, le visage écarlate.

— Je suis désolé que vous le preniez ainsi. Mais c'est normal. J'ai très mal agi.

— Tut... Tut... N'y pensez plus. De l'essence sur les plumes d'un canard.

— Je ne comprends pas cette expression. Que se passe-t-il lorsque vous mettez de l'essence sur les plumes d'un canard ? demanda Blaine en contemplant son verre vide.

— L'animal se noie, c'est tout.

— Oh ! (Blaine laissa courir son regard sur la plage vide à cette heure de la journée.) Nous n'en savons pas beaucoup plus qu'au début, n'est-ce pas ?

— Enid Bradley vous a-t-elle jamais formellement déclaré que son mari était mort ?

— Oui. Jeudi dernier. Après la parution de votre article. Puis elle a suggéré que j'étais cinglé et a insisté pour que Mary et moi prenions de longues vacances dans ce paradis mexicain.

Blaine éternua et éclata de rire.

— C'est elle qui a choisi Puerto de San Orlando ? dit Fletch.

— Oui. Et elle paie.

— Vous étiez déjà venu au Mexique.

Blaine éternua de nouveau.

— Acapulco.

— Je vois.

— C'est poussiéreux ici. Quand rentrez-vous ? demanda Blaine.

— Plus d'avion avant demain midi.

— Qu'allez-vous faire, en attendant ?

— Roupiller sur la plage, je suppose.

— Me permettez-vous de vous inviter à dîner ?

— Certainement. C'est gentil de votre part.

— Il me semble que, sans en avoir vraiment l'intention, je vous ai causé beaucoup de tort. (Il se leva.) Neuf heures, ça vous va ?

— Parfait.

— Rendez-vous dans la salle à manger, sur la terrasse de l'hôtel. (Blaine tendit la main.) Pourquoi ne pas laisser tomber les *monsieur ?* Politesse idiote. Nous sommes tous deux victimes du même accident, ou si vous préférez, c'est moi qui vous ai entraîné dans ma galère...

Fletch se leva aussi. Et il lui serra la main sans la moindre réticence.

— D'accord, Charley.

— Je vous appelle Irwin ?

— Pas si vous voulez vivre jusqu'à ce soir. Je réponds au nom de Fletch.

Blaine se pencha vers lui. Les lunettes lui agrandissaient les yeux.

— Fletch, c'est moi qui suis fou, ou le monde, autour de nous ?

— Cette question me paraît eminemment sensée.

CHAPITRE XXVI

Trois personnages, Mary Blaine, Charles Blaine et Fletch, dînent sous les étoiles, à l'hôtel de Puerto San Orlando, Mexique.

Charles : Des gin tonics, s'il vous plaît, avec du citron.

Fletch (à Mary Blaine) : J'ai rencontré votre tante. Elle est vraiment sympathique. Elle m'a donné à manger.

Mary : N'est-ce pas qu'elle est merveilleuse ? Elle prétend qu'elle est née *heureuse*, et je la crois. Cette femme a tant souffert, et traversé une telle tragédie ! Et pourtant, elle reste d'une incorrigible gaieté.

Mary : Regardez la lune !

Charles : J'ai l'impression que même à San Orlando les prix sont plus élevés que la moyenne. C'est vrai que c'est une nouvelle station balnéaire, et que le gouvernement mexicain essaie d'y attirer les gens. Mais je parie qu'il suffirait de faire quelques kilomètres à l'intérieur des terres, jusqu'à de véritables villages, pour tout se procurer à moitié prix, des citrons aux souvenirs...

Charles : Des gin tonics, s'il vous plaît, avec du citron.

Mary : Enid Bradley a un côté irréel. C'est la seule femme que je connaisse paraissant être née avec un corset.

Fletch : Tom Bradley est de Dallas, Texas ?

Mary : Vous voulez dire là où les hommes sont vraiment des hommes ?

Charles : Je ne sais pas.

Mary : Enid a toujours l'air terrifiée de ce que l'avenir lui réserve. Vous voyez, comme si elle craignait que quelqu'un lâche une saleté.

Charles : Ce que fait son mari, d'habitude. Je veux dire, *faisait.*

Charles : Gin tonics. Citron.

Mary : Regardez les lunes !

Charles : N'ai-je pas expliqué un truc, ce matin, Fletch, à propos des touristes qui boivent, au Mexique, trois fois plus que d'habitude ? Les autochtones se font beaucoup d'argent avec notre hantise de l'eau polluée.

Mary : Il m'est simplement impossible d'imaginer une seconde qu'on puisse s'éclater au lit avec Enid Bradley. Comment penser à elle sans son armure de bonne éducation ?

Mary : N'est-ce pas romantique ? Charley, regarde les lunes dans l'océan. J'ai une idée. Pourquoi n'emmènerions-nous pas ce gentil garçon pour dormir avec nous ?

Charles : Mary, je crois que nous devrions passer notre commande, pas toi ?

Fletch : Thomas Bradley est-il mort ?

Mary : Et pourquoi pas ?

Charles : Franchement, je ne pense pas. Je crois plutôt qu'il a commis une énorme irrégularité et décidé de disparaître. Le problème, c'est que je n'arrive pas à découvrir laquelle. C'est pourtant ma foutue responsabilité, comme trésorier de Wagnall-Phipps. Je suis expert-comptable agréé, et je ne parviens pas à mettre le doigt sur ce qui cloche. S'il vous plaît, pardonnez-moi, Fletch. Essayez un peu de comprendre. Tout ceci me cause beaucoup de souci.

Mary : Il est mort, mais tout le monde s'en tape.

CHAPITRE XXVII

A son retour, tard le mercredi soir, Fletch découvrit sur sa table, outre des factures et des prospectus, un petit mot et trois lettres intéressantes.

F...

Ton ex, Linda, a appelé. Je lui ai dit que tu étais parti en croisière sur ton yacht, au large du Mexique.

M.

Cher Monsieur Fletcher,

Le Maire a décidé de vous honorer du titre de Bon Citoyen du Mois, pour récompenser votre acte d'héroïsme.

La cérémonie aura lieu en son bureau vendredi à dix heures précises.

Ce jour-là, vous devez vous présenter à Mme Goldovsky, à l'Hôtel de Ville, à huit heures et demie. Celle-ci vous informera de vos obligations pendant et après la réception. Aucun retard à ce rendez-vous avec Mme Goldovsky ne sera toléré.

Cette manifestation se conclura par une conférence de presse, ce qui signifie que des journalistes, des photogra-

phes et des cameramen seront présents. Il serait bienvenu que vous portiez un costume.

Sincèrement,

Le Bureau du Maire.

Cher Monsieur Fletcher.

J'ai lu dans le journal comment vous avez sauvé cette dame sur le pont. Moi aussi, j'ai besoin d'être sauvé. Mes parents me traitent affreusement mal. Ils ne m'ont jamais emmené à FANTAZYLAND, pas une seule fois de toute ma vie. S'il vous plaît, venez vite à mon secours.

Tony, adresse ci-dessus.

Monsieur Fletcher,

Quoique, bien sûr, je me joigne aux millions d'Américains qui louent votre acte héroïque, mon associé, M. Smith, et moi-même, sommes peut-être les seuls à savoir que vous n'êtes pas entièrement honnête. Il y avait un compte rendu de votre exploit dans le Chronicle *de ce matin. Sur la photo, nous avons reconnu celui qui s'est présenté dans mon bureau, jeudi dernier, sous le nom de Geoffrey Armistad. Vous nous avez montré un portefeuille, découvert non loin de notre établissement, contenant vingt-cinq mille dollars en liquide, appartenant sans doute à l'un de nos récents clients, un certain James St. E Crandall. Ce sont les noms que nous avons communiqués à la police en lui rapportant cet incident. Vous nous aviez assuré que vous en feriez autant. Ça n'a pas été le cas, puisque le quotidien annonce que vous avez quitté votre travail au* News Tribune *vendredi dernier. (Vous aviez affirmé être employé dans un parking.) Tout ceci indique que vous n'avez aucune intention de rendre cet argent à son légitime propriétaire. M. Smith et moi-même considérons de notre devoir de vous prévenir que, de notre côté, nous avons remis les choses en ordre et fourni à la police votre véritable identité, et, après avoir consulté l'annuaire pendant deux minutes, votre adresse actuelle.*

Il ne fait aucun doute qu'elle va entrer en contact avec vous pour vous réclamer cette somme jusqu'à ce que des mesures appropriées soient prises.

Sincèrement,

Jacques Cavalier,
Directeur, *Park Worth Hotel*

CHAPITRE XXVIII

— Où sont les mille dollars ?

— Quelle drôle de façon de m'accueillir !

Il n'était pas loin de minuit. Moxie se tenait dans l'entrée de l'appartement. Elle laissa tomber son sac de voyage dont la fermeture Eclair était cassée, et un manuscrit, une pantoufle et une serviette en jaillirent.

— Salut, lança Fletch, du divan.

— Salut.

— Tu as l'air vannée.

— Je le suis. Je répète depuis midi. Toi, on dirait que tu as un coup de soleil. Mais oui ! Tu en as un.

Sous la lumière tamisée du salon, elle l'étudia comme une esthéticienne.

— C'est exact. Je me suis endormi sur la plage.

— Partout ?

— Partout où ?

— Partout sur ton corps ?

— Non. Merci d'avoir posé la question.

— Ce n'est rien. Il aura sans doute disparu avant la première. Demain, tu auras seulement l'air rigolo, c'est tout. A la répétition.

— Je n'y vais pas.

— Fletch, il le faut.

— Vraiment ?

— Sam n'est vraiment pas fait pour ce rôle. Ses manières sont si lourdes et il est tellement mal à l'aise !

— N'oublie pas, non plus, la malédiction des grosses cuisses.

— On croirait qu'il joue *Un tramway nommé Désir.* Il n'a pas compris que c'était une comédie. J'ai promis à Roger que, demain, tu serais absolument à la séance de travail.

— Roger, le metteur en scène ?

— Ouais. C'est sympa de sa part de te donner ta chance, vu que tu n'es jamais monté sur les planches auparavant.

— Je n'y serai absolument pas. Ni demain, ni après-demain ni dans huit jours. Ce n'est pas une réplique tirée d'une pièce quelconque ?

— Presque. Je t'avais bien dit que tu avais ça dans le sang.

— J'ai déjà fait un strip-tease aujourd'hui. Et sans musique.

Moxie sortait des tas de choses de son sac et les étalait par terre, autour d'elle.

— Raconte-moi. Une bande de scouts mexicaines t'a enlevé pour te violer. C'est ça ?

— Presque. Les douanes. Au retour. Les douanes des Etats-Unis. Ils m'ont poussé sans ménagement dans un cagibi et ont farfouillé dans le moindre de mes orifices.

— Sérieux ?

— Grave. J'ai pas beaucoup apprécié. Ils ont contrôlé mes chaussures, ma valise et mes dents aux rayons X.

— C'est terrible.

— Ils ont passé plus de deux heures sur moi. Ou en moi.

— Pour quelle raison ?

— Ils refusaient de croire que quelqu'un de mon âge puisse prendre trois avions jusqu'à Puerto San Orlando, Mexique, à l'aller, et trois autres au retour pour le simple plaisir de rester trente heures sur la plage. Je leur ai dit que j'avais quelques jours de congé.

— Ils croyaient que tu trafiquais de la drogue ?

— Sans doute. (Fletch montra la lettre des services municipaux sur la table basse.) Curieuse façon de traiter le Bon Citoyen du Mois.

Moxie s'agenouilla sur le divan et prit la tête de Fletch dans ses mains.

— Oh, mon pauvre chéri ! J'espère que tu as au moins pété des flammes.

— Et, bien sûr, que je me trimbale avec plus de mille dollars en liquide ne m'a pas aidé à les convaincre de mon innocence.

— Se sont-ils excusés auprès du Bon Citoyen ?

— Ils ont dit qu'ils me coinceraient la prochaine fois. Maintenant, puis-je te demander où sont les mille dollars ?

— Quels mille dollars ?

— Ceux que tu as pris dans le portefeuille.

— Oh, ces mille dollars...

— Oui, ceux-là.

— J'ai acheté un pull.

— Il était pas donné.

— Une jupe. Quelques disques. Et de la mortadelle. Tu veux un sandwich à la mortadelle ?

— Notre standing s'améliore.

— Et une auto !

— Une auto !

— Une petite. Encore plus minuscule que la tienne.

— Quel genre ?

— Jaune.

— Une voiture *jaune*. Je vois.

— Avec un joli bip-bip.

— Une petite caisse jaune avec un klaxon. J'ai bien tout pigé jusqu'à présent ?

— Je suppose qu'elle a un moteur. En tout cas la clé de contact marche.

— Quel soulagement ! Personne ne devrait regarder le moteur avant que la clé de contact ne cesse de fonctionner. Ça pourrait porter malheur.

— J'en avais besoin. Tu sais, pour me déplacer.

— Donc les mille dollars se sont envolés.

— Jamais de la vie ! J'ai une jupe, un pull, des disques — des bons — une voiture et de la charcuterie. Ils ne se sont donc pas *envolés* comme si, disons, je les avais jetés par la fenêtre. Tu veux un sandwich à la mortadelle ?

— Sûr.

A la cuisine, Moxie étalait une couche si fine de moutarde que la mortadelle n'avait même pas l'air glissante.

— Tu essaies de la faire durer jusqu'à ce que tous les hommes soient libres ? fit-il.

— Quoi ?

— La moutarde.

Il lui prit le pot et le couteau des mains et tartina comme il convenait. Assise à la table, elle demanda :

— Que faisais-tu au Mexique ? Je veux dire, en dehors de la contrebande de diamants, du trafic de drogue et de la croisière sur ton yacht ?

— Je suis allé voir Charles Blaine, trésorier de Wagnall-Phipps.

— Oh.

— Et il m'a expliqué, poursuivit Fletch en refermant précautionneusement ses sandwiches, qu'il recevait des mémos d'un défunt.

— J'ai lu ça dans le journal, je crois.

— Indirectement, je suppose que oui.

— Alors quoi de neuf ?

— Il est évident qu'aucun cadavre ne lui communiquait des notes de service.

— Ça fait plaisir de te l'entendre dire. Je me suis fait du souci pour toi pendant un moment.

— Donc, de qui les tenait-il ?

— De Mme Palonka. Je ne vois pas d'autre possibilité.

— C'est certain. (Il lui tendit un casse-croûte.) Qui est Mme Palonka ?

— Un médium de San Francisco. Elle transmet des messages de l'au-delà. Wouah ! Trop de moutarde.

— Qui a continué à rédiger des textes signés Thomas Bradley après la mort de ce dernier ?

— Une secrétaire amoureuse de la routine ?

— Qui dirige Wagnall-Phipps ?

— On s'en tape.

— Je pense qu'ils ont cru en effet que personne ne s'en soucierait beaucoup.

— Ils avaient raison. Qui ça, *ils ?*

— Les célèbres *ils.* J' sais pas.

— Toi, ça te travaille, hein ?

— C'est ça, ou me considérer comme une non-entité, tu vois.

— Mince alors ! Quelle alternative ! Etre un quelque chose ou ne pas être un rien... comment ça marche ? Seigneur ! Je n'arrive pas à rester à ton niveau.

— Il y a un truc de pourri au royaume de Danemark. C'est dans la même pièce ?

— Rien n'est pourri là-bas, dit Moxie. J'y suis allée. Personne au Danemark, c'est sûr, n'irait me donner un sandwich à la moutarde d'où même ma mortadelle essaie de se tirer.

— Charles Blaine aussi s'intéresse aux véritables patrons de Wagnall-Phipps.

— Fletch, ne crois-tu pas — ce n'est qu'une possibilité, évidemment — que tu es légèrement obsédé par cette affaire ?

— Il est rare que quelqu'un lise les mémos d'un défunt.

— Je l'admets.

— Et il est peu courant, je l'espère, qu'une carrière prometteuse soit ruinée par les mêmes mystérieux mémos...

— Tu continues donc d'affirmer que ton désir compulsif d'expliquer cette affaire est légitime ?

— Je continue.

— Pourquoi n'oublies-tu pas toute cette histoire

idiote ? Viens demain à la répétition, fais un essai dans *Mal d'amour*, travaille dur avec moi et jouis d'un succès retentissant. Tu risques de te découvrir une nouvelle passion.

— Sûr. Et jusqu'à la fin des temps, je resterai le journaliste qui s'est fait virer pour avoir cité un macchabée.

— Accompagne-moi au moins demain matin.

— Peux pas.

— Pourquoi ?

— Vais à New York.

— A New York ? Impossible !

— Si. En t'attendant, j'ai réservé une place sur un vol tôt le matin.

— Qu'est-ce que tu vas foutre là-bas ?

— Je n'ai pas encore rencontré la dernière personne impliquée dans ce sac de nœuds, la sœur de Tom Bradley, Francine.

— Que peut-elle bien savoir de tout ça ? Elle est à l'autre bout du pays !

— Ouais. Mais, d'après moi, elle est la seule à profiter de la disparition de Bradley. A moins, bien sûr, que tu ne souscrives à la théorie du crime passionnel.

— Je ne souscris à rien du tout. Sauf qu'il y a toujours un moment où il faut laisser tomber ! Et tu l'as dépassé depuis longtemps !

— Francine Bradley, poursuivit Fletch patiemment, va venir dans l'Ouest diriger Wagnall-Phipps. Tom Bradley l'a consultée pendant des années. Enid Bradley en fait autant maintenant. Tu ne crois pas que je dois au moins aller la regarder dans le blanc des yeux pour découvrir ce qu'elle en pense ?

— A mon humble avis, elle va te retourner ton regard droit-dans-les-yeux et te traiter de cinglé. Tout ceci s'explique peut-être par une erreur de secrétariat, Fletch.

— Je suis persuadé que non. Et Charles Blaine aussi.

— De toute manière, le *News Trib* de ce matin

annonce que tu reçois vendredi, dans le bureau du maire, le titre de Bon Gars de la Semaine.

— Bon Citoyen du Mois, s'il te plaît.

— Tu ne peux pas t'envoler pour New York. Tu as un rendez-vous avec notre élu.

— Dis plutôt qu'il a un rendez-vous avec la presse. Suis plus dans le coup.

— Pour l'amour de Dieu, pourquoi pas ? Si nous réussissions à annoncer d'ici là que tu es à l'affiche de *Mal d'amour* montée au Colloquial Theater...

— Chacun son point de vue.

— Tu parles.

— Je serai à New York vendredi. Tu ne manges plus ?

Moxie repoussa son assiette.

— Tes talents culinaires sont un peu légers en ce qui concerne la mortadelle, Fletch. Tu ferais mieux d'en rester encore un peu au beurre de cacahuètes.

CHAPITRE XXIX

Le portier du luxueux immeuble de l'East Side New York expliqua, légèrement surpris, mais parfaitement respectueux :

— Mlle Bradley dit qu'elle ne vous connaît pas, monsieur Fletcher.

Fletch tendit la main vers le combiné.

— Puis-je lui parler moi-même, s'il vous plaît ?

— Bien sûr, monsieur.

Il lui passa l'appareil et recula d'un demi-pas. Il était jeune et mince et son regard était inexpressif. Le lacet doré de son uniforme avait l'air aussi ridicule qu'une grand-voile sur un porte-avions.

— Mademoiselle Bradley ?

— Oui ?

La femme avait une voix rauque.

— Mademoiselle Bradley, je m'appelle Fletcher. J'ai besoin de vous parler de la gestion de la compagnie de feu votre frère, Wagnall-Phipps. J'ai fait tout le chemin depuis la Californie pour ça.

Après un silence, Francine Bradley demanda :

— Qui êtes-vous, monsieur Fletcher ?

— Je suis le journaliste — ex-journaliste — qui a écrit un article sur cette entreprise dans les pages financières du *News Tribune*. J'ai dû me tromper quelque part. Pourtant je ne vois toujours pas où est la vérité.

— Comment pourrais-je vous aider ?

— Je ne sais pas. Mais j'ai discuté avec votre belle-sœur, Enid Bradley, votre nièce, Roberta, votre neveu, Tom...

— Adressez-vous à Alex Corcoran. C'est le directeur.

— C'est fait. J'ai eu aussi une seconde conversation — il y a quelques jours — avec Charles Blaine.

Il y eut une longue pause.

— Vous avez rencontré Blaine récemment ? dit enfin Francine Bradley.

— Je suis allé spécialement au Mexique.

— Eh bien, vous n'avez pas hésité à avaler des kilomètres ! Corcoran et Blaine ne vous ont pas aidé ?

— Pas beaucoup.

— Alors, je ne vois pas en quoi je pourrais vous être utile. Mais montez. Quelqu'un qui s'est donné tant de mal ne doit pas poireauter sur le palier.

— D'accord, répondit Fletch. Je vous repasse le portier.

— Réellement, monsieur Fletcher — je ne me trompe pas sur le nom ?...

— C'est bien ça.

— ... Vous auriez pu économiser énormément d'argent et d'ennuis en vous contentant de m'appeler de Californie. Je vous aurais sans doute répondu de la même façon...

Francine Bradley avait ouvert la porte de l'appartement M 21 et, en découvrant Fletch, elle avait battu des paupières avec une certaine surprise. Elle s'était ensuite immédiatement mise à parler comme si elle poursuivait leur conversation commencée au téléphone de l'immeuble.

Ses cheveux blonds étaient bien coiffés. Son visage lui avait sûrement coûté cher en soins esthétiques. Elle portait une lourde chaîne d'or assortie à ses boucles d'oreilles, sur une confortable robe du soir décolletée de satin vert. Elle était remarquablement mince pour une femme de plus de quarante ans.

— ... Je n'ai pas autant d'informations que vous le pensez sur le fonctionnement de la société de Tom.

Elle le précéda dans un salon au mobilier élégant mais dépouillé. La vaste fenêtre dominant la ville laissait entrer une vive lumière.

— Là-bas, je ne connais personnellement aucun employé. Je suis au courant des chiffres, bien sûr. Depuis la mort de Tom, eh bien, Enid s'est beaucoup appuyée sur moi, je l'avoue. Comme vous le savez probablement, elle est novice en la matière.

Elle lui fit face, et hésita, comme persuadée d'avoir répondu à toutes ses questions. Mais il restait silencieux. Elle lui montra le divan.

— Eh bien, asseyez-vous. Je vais bientôt sortir pour dîner. On m'attend. Mais j'essaierai de vous apporter tout le soutien dont je suis capable dans la limite de mon temps disponible.

Fletch déboutonna sa veste et tira sur son pantalon pour éviter de froisser son costume neuf.

Sur la table basse, devant lui, étaient posés un sac à main et des gants.

— Je vous remercie de me recevoir, dit-il.

Elle s'installa dans un fauteuil décoré de fleurs éclatantes, le dos à la fenêtre.

— Vous risquez de me trouver bizarre, mais j'espère que vous comprendrez, au moins, ma perplexité.

— Vous vous trompez, monsieur Fletcher, assura-t-elle en lui souriant d'un air ironique qui démentait cette affirmation. Je dois admettre, pourtant, que je m'attendais à quelqu'un... de plus mûr, de plus âgé, je veux dire... qui donnerait l'impression d'avoir traversé davantage de guerres...

— Si je garde un aspect très innocent, dit Fletch en baissant les yeux, c'est que je continue à tremper mes tartines de confiture dans mon chocolat.

Elle éclata d'un rire franc.

Maintenant qu'il s'était habitué à la vive lumière de la pièce, Fletch remarqua des photos sur une étagère. Les enfants Bradley à l'école, deux clichés d'Enid — un récent et un plus ancien — et un autre, plus grand, de la famille au complet. Fletch en conclut que l'homme brun qui passait son bras autour de la taille d'Enid était Thomas Bradley. Sur le mur, en face de lui, il vit une mosaïque de carreaux marron et noirs.

— C'est de votre frère ? demanda Fletch.

— Oui.

Francine fixa le mur tristement, puis elle soupira et agita la main vers une table basse, dans un coin, où reposait une seconde œuvre inachevée :

— Il travaillait sur celle-là. Tom habitait avec moi, vous savez, quand il venait à New York consulter les médecins. Il l'avait commencée avant de partir en Suisse. Je l'ai laissée. Une sottise de ma part, je suppose. On dirait qu'il... eh bien, parfois, quand je rentre le soir, j'ai l'impression de le voir encore assis à cet endroit, en robe de chambre et en pantoufles.

— Je crains que mes questions ne vous semblent étranges.

— Ne vous inquiétez pas. (Elle jeta un coup d'œil à sa montre.) On va venir me prendre...

— Oui. J'en arrive au fait. Quand je suis allé en reportage chez Wagnall-Phipps, on m'a montré des mémos récents de votre frère, que j'ai cités dans mon article. Du coup, on m'a licencié.

Elle le regarda comme s'il parlait une langue inconnue.

— Que voulez-vous dire par *récents* ?

— Quelques semaines.

— Tom est mort il y a un an !

— C'est pourquoi je suis ici.

Francine contempla le vernis rouge de ses ongles.

— Comme c'est curieux.

— Oui. C'est curieux.

— Vous avez une explication ?

— Non, mais j'aimerais bien.

— Qui vous a communiqué ces notes ?

— Charles Blaine. Sous-directeur et trésorier. A priori, donc, digne de confiance.

— Oh, Blaine ! Ils ont déjà eu des ennuis avec lui. Enid m'en a parlé. Je crois qu'il est très fort dans sa partie, mais... Enid dit qu'il est sérieux comme un pape... (Elle hocha la tête.) Oui. Si chaque T n'a pas sa barre, chaque I son point, il pique des crises d'hystérie.

— Il ne s'agit pas d'un problème de T sans barre ni de I sans point, mademoiselle Bradley. Mais de textes signés d'initiales par quelqu'un qui n'était plus en vie pour le faire.

Francine haussa les épaules.

— Alors, c'était une plaisanterie de mauvais goût. Un membre du secrétariat ? L'un des subordonnés de Blaine ? J'imagine qu'un employé sous les ordres d'un homme aussi pincé que lui ait envie de lui jouer un tour pour le secouer et le confronter à quelque chose d'inexplicable.

— C'est une possibilité.

— Qu'en pense Enid ? demanda Francine.

— Que Blaine fait une dépression nerveuse. Elle l'a envoyé se reposer au Mexique.

— C'est donc probablement le cas.

— Je l'y ai retrouvé. Il ne semble pas malade. Il souffrirait plutôt de la chaleur et de la poussière de l'endroit.

— Avez-vous les qualifications nécessaires pour en juger, monsieur Fletcher ? Un diplôme en psychiatrie ?

— Je l'ai oublié dans mon autre costume.

— Je ne veux pas lui faire un procès d'intention. Mais les gens cherchent surtout à sauver les apparences. Et quand on gratte sous la couche superficielle...

— Charles Blaine m'a assuré qu'il n'a pas falsifié ces textes.

Francine haussa de nouveau les épaules.

— Alors c'est une vilaine blague. (Elle lui adressa un sourire engageant.) L'esprit d'Halloween souffle toujours sur le pays. Les employés, dans les bureaux, adorent ce genre de canulars.

— Mademoiselle Bradley, quand, précisément, est mort votre frère ?

— Je vous l'ai déjà dit — il y a un an.

— Enid affirme la même chose. Pourtant Corcoran et Blaine, tous les deux, prétendent qu'il est décédé six mois plus tard — en novembre dernier.

— Oh, je comprends votre perplexité. Tom nous a quittés il y a un an. Nous ne nous y attendions pas. Enid assumait le rôle de présidente intérimaire en son absence, et elle n'était pas encore vraiment dans le coup. On la tolérait à ce poste parce qu'on savait que Tom allait revenir. C'était l'autorité de son mari qui la soutenait, en quelque sorte. Nous en avons discuté et avons décidé, disons, de différer l'annonce du décès jusqu'à ce qu'elle soit plus solide dans ses fonctions. Vous admettez ça ?

— Oui. Je suppose.

— Nous avons tenu compte d'un autre aspect, plus humain. Enid était profondément amoureuse de mon frère. Et les gens qui travaillaient pour Wagnall-Phipps l'adoraient. Enid voulait d'abord le pleurer seule. Elle essayait de diriger l'entreprise et n'aurait supporté ni les visages peinés ni la commisération... Vous voyez ?

Fletch fronça les sourcils et poursuivit :

— Il y avait des tas de raisons de différer cette triste nouvelle. Le personnel le plus jeune aurait déserté l'entreprise par manque de confiance en Enid... Oui, des tas de raisons...

— Votre frère est décédé il y a un an. A Wagnall-Phipps, on l'a appris au bout de six mois, un vendredi après-midi de novembre. Enid n'est partie en Suisse que le mardi suivant. Est-ce exact ?

— Oui, à peu près. (Le regard de Francine croisa le

sien.) Vous vous demandez pourquoi nous ne sommes pas allées immédiatement en Suisse, six mois plus tôt ?

— Absolument.

— Nous avons pris cette décision sur le moment. Tom était mort. Nous ne nous y attendions pas. Enid en a été informée vingt-quatre heures après. Les autorités recommandaient l'incinération. Enid a envoyé l'autorisation par télégramme. Nous n'avons pu faire ce voyage que six mois plus tard. Après un service religieux très privé nous avons rapatrié les cendres.

— Vous avez accompagné Enid ?

— N'est-ce pas ce que je viens de dire ?

— Où exactement ?

— Dans une petite clinique, près de Genève.

Fletch prit une profonde inspiration et secoua la tête.

— Mademoiselle Bradley, votre frère n'est pas mort en Suisse.

Ses yeux s'agrandirent et elle le dévisagea.

— Qu'est-ce que vous racontez, maintenant ?

Fletch expliqua d'un ton las :

— J'ai vérifié auprès de l'ambassade des Etats-Unis. Aucun citoyen américain du nom de Thomas Bradley n'est décédé dans ce pays ni l'année dernière, ni récemment.

Les lèvres arrondies en un O parfait, Francine retint son souffle.

— Ils ont dit ça ?

— Oui. L'ambassade américaine à Genève.

— C'est impossible, monsieur Fletcher.

— Et je suis sûr qu'ils ne font pas une farce.

— Eh bien... Je ne sais pas quoi dire.

— Moi non plus.

— C'est sans doute une erreur administrative. Je vais vérifier.

— Lorsque nos services ont fait parvenir cette information, ils ont assuré que leurs statistiques étaient précises à cent pour cent.

— Oh, monsieur Fletcher. Si vous me donnez un seul

exemple d'administration, dans quelque pays que ce soit, capable d'un tel prodige, je vous jure que je saute sur la lune d'un seul bond.

Fletch se pencha vers elle.

— Vous voyez, mademoiselle Bradley, j'ai beaucoup de questions à poser sur de nombreux sujets.

Il y eut un bourdonnement dans l'entrée.

— Excusez-moi, fit-elle.

Fletch entendit le bruit d'un téléphone qu'on décroche et Francine Bradley dire :

— Allô ?... oui. S'il vous plaît, prévenez M. Savenor que je serai en bas dans cinq minutes.

Quand elle revint dans le salon, Fletch était debout près de la fenêtre.

— Vous avez même gardé les morceaux de mosaïque non sertis.

— Oui, répondit-elle, ils sont jolis comme ça.

— Pouvons-nous nous revoir ?

— Oui. Je suis sûre que vous cherchez à vous rendre utile.

— Pour l'instant, je crois que je vous ai bien assez bouleversée.

— Tout cela a certainement une explication rationnelle. Une mauvaise plaisanterie... un certificat de décès égaré...

— Sans doute.

— Etes-vous libre pour dîner, demain soir ?

— Ce serait très agréable. Où, quand ?

— Vous aimez la cuisine française ?

— J'aime manger.

— Pourquoi ne pas nous retrouver *Chez Claire* ? C'est à deux pas d'ici.

— D'accord. Huit heures.

Elle le suivit dans l'entrée.

— Je suis désolée d'avoir à vous chasser. J'aimerais entendre votre théorie. (Elle lui ouvrit la porte.) Nous arriverons sans doute à y voir plus clair. Ensemble.

A part le portier, un seul homme attendait dans le hall. Les tempes argentées, pas loin de la soixantaine, il portait un complet gris perle et paraissait à son aise, assis sur une chaise à haut dossier qui avait l'air terriblement inconfortable.

CHAPITRE XXX

Vendredi matin, il pleuvait. A huit heures moins le quart, Fletch faisait le pied de grue sur le trottoir, en face de chez Francine Bradley. Il portait un imperméable, un chapeau et une paire de lunettes achetées la veille à Times Square. Avec son exemplaire du *New York Post* sous le bras, il était certain de ressembler à quelqu'un qui ne veut pas se faire remarquer.

Il attendait la sortie de Francine Bradley, mais, à sa grande surprise, à huit heures moins dix, un taxi s'arrêta devant l'entrée et Francine en descendit, vêtue d'un court pardessus et de bottes montantes.

A neuf heures vingt, elle refit son apparition, habillée différemment, et se mit en quête d'un nouveau taxi. Le portier s'époumona pour elle dans son sifflet.

De l'autre côté de la chaussée, Fletch en trouva un avant elle.

En montant dans le véhicule, il ordonna :

— Faites demi-tour et stoppez, s'il vous plaît.

Le chauffeur s'exécuta.

— Vous voyez la femme qui cherche une voiture ? continua Fletch.

— Ouais.

— Je veux découvrir où elle va.

L'homme le regarda dans le rétroviseur.

— Vous êtes une espèce de pervers ?

— Service des Impôts sur le revenu, déclara Fletch.

— Saligaud, répliqua le chauffeur. Vaudrait mieux que vous soyez pervers.

Ils suivirent Francine jusqu'au centre ville où elle s'arrêta devant la Banque Bennet.

— Vous voyez ? dit Fletch. La dame me conduit tout droit à son argent.

— J'aimerais pouvoir vous faire payer plus cher. (Le type se pencha pour lire son compteur.) Moi aussi, j'ai des impôts, vous savez. Est-ce que les fonctionnaires dans votre genre laissent des pourboires ?

— Ouais. Et nous signalons les personnes à qui nous les avons donnés — nom, date et lieu — juste pour voir si elles le déclarent.

Le chauffeur se retourna.

— Vous pouvez la garder, votre foutue pièce ! Sortez d'ici !

— D'accord.

— Bon Dieu ! souffla le gars en lui rendant brutalement la monnaie ! Le gouvernement en face de moi en uniforme bleu... et le gouvernement sur mon siège arrière !

— Vous êtes sûr de ne pas vouloir dix *cents ?*

— Foutez le camp !

Fletch attendit quelques minutes avant de pénétrer dans le bâtiment.

Sur une plaque, dans l'entrée, était écrit *Bradley & Co Investissements*, et le numéro de l'étage.

Il revint à midi et suivit Francine Bradley au *Wayne's Steak House*. Elle était accompagnée d'un homme d'une vingtaine d'années portant un attaché-case. Son complet n'était pas particulièrement cossu, ses chaussures fatiguées et il n'avait pas d'imperméable mais sa mallette avait l'air neuve. Ils restèrent cinquante minutes au restaurant. Fletch leur emboîta le pas lorsqu'ils retournèrent jusqu'à l'immeuble de la Banque Bennet. Fletch traîna une bonne heure dans le hall. Aucun d'eux ne réapparut.

Il reprit sa surveillance juste avant cinq heures.

Quelques minutes plus tard, il aperçut Francine Bradley qui prit un taxi. A cinq heures vingt-cinq, le jeune homme quitta les lieux à son tour.

Fletch resta à quelques mètres derrière lui jusqu'au métro et, sur le quai, tout en faisant mine d'attendre une rame, il attira son attention en le fixant sans vergogne. L'autre finit par lui jeter un regard mécontent, et Fletch choisit ce moment pour l'approcher.

— Désolé, dit-il. J'essayais de me souvenir. Ne vous ai-je pas vu aujourd'hui au *Wayne's Steak House* déjeuner avec Francine ?

Le visage de son interlocuteur s'éclaira.

— Vous connaissez Mlle Bradley ?

— Bien sûr. Elle m'a conseillé pour certains de mes placements. Une femme d'une intelligence remarquable.

— Aucun doute, acquiesça le garçon avec enthousiasme. Je trouve que j'ai une sacrée chance de travailler pour elle. Elle fait mon éducation professionnelle.

— Elle gère l'argent de son frère, n'est-ce pas ? C'est Tom qui m'avait envoyé la voir.

— Eh bien, nous nous occupons de la Bradley Family Company. Principalement Wagnall-Phipps, vous savez. Et d'autres trucs. Pas grand-chose, je veux dire, pas des millions. Mais Francine se débrouille sacrément bien avec ce qu'il y a.

— Pourquoi Tom ne s'en charge-t-il pas lui-même ?

Le jeune homme, surpris, regarda Fletch, hésita, puis lâcha :

— Vous ne saviez pas ? Son frère est mort. Il y a un an.

— Mon Dieu, je n'étais pas au courant. Quel dommage ! Je n'avais plus vu ce bon vieux Tom depuis un moment. Ça fait longtemps que vous travaillez avec Francine ?

— Sept mois.

Un métro arrivait.

— Une véritable école pour moi.

Il attendit que Fletch montât le premier.
— Pas le mien, dit Fletch.
— C'est le seul que vous puissiez prendre ici.
— Je vais en attendre un qui soit moins bondé, répliqua Fletch avant de se rendre compte que le wagon était à moitié vide.
Quand la rame démarra, l'employé de Francine Bradley dévisagea Fletch à travers la vitre. Sur son visage, la curiosité avait remplacé l'impassibilité.

A huit heures, Fletch entra *Chez Claire* et aperçut Francine Bradley qui l'attendait, déjà assise à une table pour deux dans le fond.
Il y avait une bougie sur la table.

CHAPITRE XXXI

— Je crois que votre neveu, Tom, a de sérieux ennuis, expliqua Fletch. (Ils avaient commandé des vodkas-orange.) Je l'ai vu dimanche dernier.

Par-dessus la bougie, il étudia son expression. Le visage de Francine affichait le souci qui convenait. Mieux que ça — une sincère inquiétude. Elle n'évoquait pas uniquement la lointaine tante vieille fille qui, par simple politesse, se force à la gentillesse envers la famille de son défunt frère.

— Que voulez-vous dire ? demanda-t-elle d'une voix presque effrayée. Il me semblait que Tom préparait médecine et se débrouillait très bien.

— Pas exactement. Il utilise ses connaissances en chimie pour se gaver d'oubli.

— Tom se drogue ?

— Il a l'air dans un sale état. N'est pas allé à un cours depuis l'automne dernier. Son copain de chambre le garde en sécurité dans une baignoire pleine de coussins. Il ne sait pas quoi faire d'autre avec lui.

— Oh, non ! Pas Tom !

— J'ai promis de tenter tout ce qui était en mon pouvoir. C'est l'autre raison de ma visite. Bien sûr, il tient des propos totalement incohérents sur le décès de son père.

— Lesquels ?

— D'une certaine manière, il laisse entendre que

votre frère s'est suicidé. C'est assez courant, je crois, que les jeunes ne pardonnent pas à l'un de leurs parents d'être mort, de les avoir abandonnés. Parfois même, ils se sentent responsables de la situation.

— Vous recommencez à jouer au psychiatre, monsieur Fletcher.

— On m'appelle Fletch. Et vous vous trompez. Je suis dans une situation démente — et vous aussi — et j'essaie de comprendre.

— Cela ne me concerne pas.

— Bien sûr que si. La plus grande partie des fonds que vous avez investis grâce à votre petite compagnie, dont le siège est dans l'immeuble de la Banque Bennet, venait de votre frère.

Fletch remarqua que ses yeux s'étaient instantanément rétrécis.

— Je suis en train de vérifier quelles mesures de succession ont été prises pour ses biens — aucune sans doute. Il semble très probable qu'Enid et vous essayez simplement d'échapper aux impôts. Elle m'a, elle-même, déclaré que vous aviez l'intention de vous rendre en Californie pour prendre la direction de Wagnall-Phipps. Seul un crétin congénital n'imaginerait pas que vous avez imité les initiales de votre frère sur les derniers mémos.

Le serveur leur apporta les apéritifs. Comme dans la plupart des restaurants peu éclairés que Fletch avait essayés, ses mains étaient sales.

— Vous avez l'air bouleversé, Fletch. (Francine sirota sa boisson.) Et si vous m'appeliez Francine ?

— Avec plaisir.

— Comme d'habitude avec vous, poursuivit Francine, je ne sais pas vraiment quoi dire. Vous arrivez de Californie avec toutes ces informations, toutes ces questions... Je suis troublée par ce que vous venez de m'apprendre sur Tom.

— Il a besoin d'aide. Une aide en béton. Dare-dare.

— Je n'avais aucune idée...

— Apparemment, il arrive aussi à tromper sa mère. Il se lave, rentre à la maison, raconte que ça marche à l'école, reçoit de l'argent, puis se réinstalle dans sa baignoire avec un litron de barbituriques.

Des larmes brillèrent dans les yeux de Francine.

— Je vous assure, affirma-t-elle, que quelque chose sera fait, immédiatement. Je vous remercie de m'avoir prévenue.

— En réalité, poursuivit Fletch, Ta-ta, votre nièce, m'inquiète tout autant. Le camarade de Tom la décrit comme un jouet remonté à bloc. Elle semble se tenir volontairement à l'écart de l'existence. Elle se protège dans une école de filles, elle protège Tom. Je sais que leur père est mort — il y a un an — mais ils semblent tous deux excessivement inquiets.

— Quand j'irai là-bas... Il y a des limites à ce qu'Enid peut assumer toute seule.

— Quand partez-vous ?

— J'ai bien peur d'être obligée d'attendre quelques mois. Il me reste encore certaines choses à liquider ici.

— Vous allez diriger Wagnall-Phipps ?

— Tom le voulait. Enid aussi. J'ai vendu mon affaire — sans grande importance — il y a quelques années.

Fletch baissa les yeux sur son verre, but une gorgée, et regarda Francine de nouveau.

— Avez-vous la moindre réponse aux questions que je viens de vous poser ?

— Vous voulez dire, est-ce qu'Enid et moi sommes en train de perpétrer une fraude fiscale ?

— Ouais, c'est un bon point de départ.

— Non. Bien sûr, il est possible qu'Enid n'ait pas agi tout à fait exactement comme il faut. C'est même hautement probable. Elle n'a rien d'un Charles Blaine. Aucune formation, aucune expérience, en dehors d'avoir vécu avec Tom. Je m'attends à ce qu'elle ait gaffé, mais sans intention frauduleuse, j'en suis certaine.

— Avez-vous falsifié ces mémos ? demanda Fletch d'un ton décontracté.

— J'ai conseillé ma belle-sœur au téléphone. Presque tous les jours. Vu que vous faites vos devoirs avec tant d'application — vous avez appris l'existence de mon bureau et ce que j'y fais — vous pourriez vérifier nos notes de téléphone. Celles d'Enid et les miennes. Elles sont monumentales.

— Donc, nous n'avons pas d'explication.

— Pourquoi ne pas prendre des forces avec une autre vodka, un bon dîner, puis retourner à mon appartement ? Nous continuerons à bavarder. Personne ne vous a jamais dit que vous étiez attirant ?

— Non, à part un douanier des Etats-Unis.

Elle posa sa main sur la sienne.

— Ne vous inquiétez pas. Je ne suis pas l'une de ces femmes entre deux âges qui rêvent de dévorer les jeunes garçons. Votre innocence tartines et chocolat n'a rien à craindre de moi. (Elle retira sa main.) Ils servent un excellent canard à l'orange ici.

— Reprenons depuis le début, proposa Fletch.

Il était onze heures et quart lorsqu'ils rentrèrent chez Francine. Ils avaient bu trois coktails, mangé quatre plats, partagé deux bouteilles de vin et terminé avec un cognac pour lui et une crème de menthe pour elle. Au cours du repas, Francine avait raconté une histoire longue et tortueuse dont la chute était plus ordurière que drôle.

Fletch quitta son manteau et s'écroula sur le divan. Il défit son bouton de col et, vautré, appuya la tête sur le dossier.

— Tout ce que vous voulez, murmura-t-elle.

Francine Bradley se déplaçait sans bruit dans la pièce dont les lumières étaient tamisées. Un air de violon commença à sortir des murs.

— Je vais faire du café, dit-elle.

Il se concentra sur la musique qui lui faisait penser à

une fille sensuelle aux hanches larges. Il entendit le frou-frou de la robe de Francine lorsqu'elle revint dans la pièce.

Doucement, sa voix demanda :

— Maintenant, quelles sont vos questions ?

Elle s'était assise, détendue, dans le fauteuil fleuri.

— Qui vous a annoncé le décès de votre frère ?

— Enid. Elle m'a passé un coup de fil au bureau. Elle était bouleversée. En larmes. Incohérente. Je l'ai rappelée une heure plus tard. En fait, nous avons discuté la majeure partie de la nuit.

— Et vous avez décidé de ne pas vous rendre immédiatement en Suisse ?

— Nous avons pris cette décision le jour suivant. Quand la nouvelle nous est tombée dessus, nous n'avions pas la tête à arrêter un plan quelconque. Le lendemain matin, après nous être reposées, Tom était déjà mort depuis quarante-huit heures. Il nous en aurait fallu encore autant pour atteindre la Suisse. Enid était en Californie, moi à New York et nous avions toutes deux du travail. Enid a préféré envoyer l'autorisation d'incinérer le corps.

— D'accord. Les affaires ont alors continué comme d'habitude. Vous conseilliez Enid tous les jours au téléphone.

— Oui.

— Puis en novembre, vous êtes allées en Suisse ?

— C'est ça.

— Ensemble ?

— Oui. Enid a logé chez moi et nous avons pris le même avion.

— Qu'avez-vous fait, arrivées là-bas ?

— Loué une voiture. Retenu une chambre d'hôtel. Nous avons décompressé un peu. Puis Enid est allée chercher les cendres. Il nous a fallu un certain temps pour organiser une petite cérémonie dans une chapelle. Nous ne connaissions personne. En fait, nous n'avons même pas demandé d'aide à l'ambassade. Nous n'y avons pas pensé. Le service a enfin eu lieu, tard dans l'après-midi, mardi, je crois, non loin de la clinique. Il n'y avait qu'Enid, un prêtre et moi. Il parlait anglais. Enid avait amené les cendres qu'il avait posées sur un autel.

— Et vous êtes revenues à New York avec l'urne.

La bouilloire sifflait dans la cuisine.

— Oui, répondit Francine. Enid a continué jusqu'en Californie.

— Pourquoi les enfants ne vous ont-ils pas accompagnées ?

— Enid estimait qu'à ce moment-là ils se remettaient à peine de cette disparition. Elle ne voulait pas réveiller leur chagrin. Souvenez-vous, ce n'était que six mois plus tard. (Francine se leva.) Excusez-moi une seconde.

Quand elle regagna le salon, Fletch était assis les coudes sur les genoux. Pendant son absence, il avait marché de long en large. Sur la table basse, près de la fenêtre, la mosaïque était plus avancée qu'il ne s'en souvenait. A travers la baie vitrée, il avait contemplé les toits et les lumières des immeubles alentour. Elle plaça une tasse devant lui et emporta la sienne jusqu'au fauteuil.

— Francine, dit Fletch en remuant son café, je crois que votre belle-soeur a assassiné votre frère.

Sa tasse tressauta sur la soucoupe.

— Seigneur ! souffla-t-elle. Qu'allez-vous encore inventer ?

— Je pense que votre chère et incompétente Enid vous a joué une belle comédie et que vous avez tout gobé.

La respiration de Francine se ralentit, les muscles de ses mâchoires se serrèrent. Elle déglutit avec difficulté.

— Vraiment Fletch ! Vous prenez plaisir à me torturer !

— Désolé. J'ai bien peur de posséder certaines preuves...

— D'un meurtre ? elle cria presque.

— D'un meurtre, répéta-t-il doucement. Je ne vous en ai pas parlé avant de vous connaître un petit peu mieux, et, disons, d'être sûr...

— De vos trouvailles, ou de ma capacité à supporter la nouvelle ?

— Oh, je n'ai aucun doute sur ce que j'ai découvert.

— Très bien, Fletcher.

Francine Bradley était assise toute droite, le corps rigide. Le visage blême, elle le fixait.

— Donnez-moi des explications.

— Ce ne sont pas les cendres de votre frère.

— Les cendres...

Elle semblait n'avoir pas saisi.

— Comment pouvez-vous affirmer une chose pareille ?

— Samedi dernier, je suis entré chez Enid, à Southworth, et j'ai prélevé un petit échantillon dans l'urne, où la veille, votre belle-sœur m'avait affirmé avoir mis les restes de son mari.

— Vous avez pénétré par effraction dans la maison ?

— La porte n'était pas verrouillée. Je les ai fait analyser.

— Vous avez volé les cendres de Tom ?

Les muscles de son cou étaient si contractés que sa voix était à peine audible.

— Toute la question est là, n'est-ce pas ? Ce n'étaient pas celles de votre frère. Ce n'étaient les cendres de personne.

— Comment faire la différence ? Expliquez-moi ça. Aviez-vous vraiment besoin de venir me raconter qu'une faute a été commise au crématorium ?

— Il ne s'agit pas d'une erreur de manipulation mais d'un mensonge de belle-sœur.

— Qu'est-ce qu'il y a dans l'urne, alors ?

— Tapis. Un tapis à trame serrée. Du bois de pin. Du sable. Un dérivé pétrolier, sans doute du kérosène.

Francine posa sa tasse à café et sa soucoupe sur la

table avec une telle violence que la soucoupe vola en éclats et que la tasse roula par terre.

— Je n'en peux plus !

— Francine, vous m'avez expliqué qu'en Suisse Enid est allée toute seule au crématorium et qu'elle est rentrée à votre hôtel avec des cendres qui, d'après elle, appartenaient à Tom Bradley.

— J'ai dit ça ?

— C'est la vérité ?

— Vous m'avez tellement embrouillée.

— Enid a emporté avec elle en Suisse les résidus de combustion de son tapis persan.

Dans la faible luminosité du salon, les yeux de Francine paraissaient fous. La musique tombant des haut-parleurs encastrés dans le mur écorchait les oreilles de Fletch.

— Ecoutez-moi, Francine. (Fletch se redressa et essaya de s'exprimer d'une voix raisonnable et calme.) Enid vous a prévenue de la disparition de Tom. Vous n'avez pas d'autres preuves, hormis ses affirmations. Quand elle a suggéré que l'annonce de ce décès compliquerait les affaires de Wagnall-Phipps, vous ne vous êtes pas précipitée en Suisse. Vous avez attendu six mois. Et vous n'avez pas vu le corps. A en croire ce que vous m'avez raconté de votre voyage, vous n'avez rencontré ni les médecins ni l'entreprise de pompes funèbres. L'Ambassade des Etats-Unis à Genève affirme que ces dernières années aucun citoyen américain du nom de Thomas Bradley n'est mort en Suisse. Les cendres sur la cheminée de Southworth n'appartiennent pas à Tom...

Fletch attendit un long moment. Elle ne leva pas les yeux. Il lui prit la main.

— Autre chose, Francine. Ce n'était pas un mariage heureux. J'ai discuté avec un voisin, à Southworth. Lui et sa femme, a-t-il assuré, entendaient Enid hurler la nuit. On claquait les portes et on brisait la vaisselle...

Pas une fois, par hasard, mais *tout le temps.* Quand cela se produisait, les gosses prenaient la fuite.

— C'est impossible.

— Je ne sais pas si votre frère était véritablement malade. Et vous ?

— Il l'était, oui.

— Enid se trouve peut-être bien mieux sans Tom, surtout si vous, vous acceptez de diriger l'affaire.

— Vous croyez qu'Enid a assassiné Tom ?

La brutalité de la question de Francine jeta un froid. Elle retira sa main.

— Dites-moi ce que je peux envisager d'autre ?

— Je pense que tout ça ne tient pas debout.

Francine se leva et traversa la pièce d'un pas ferme. Elle ouvrit la porte d'un placard, appuya sur un bouton et la musique s'arrêta. Puis elle alluma.

— Je trouve que vous m'avez suffisamment agressée, Irwin Fletcher, ajouta-t-elle.

— Agressée ?

Debout près de la lampe, la robe de soirée froissée et les cheveux en désordre, Francine Bradley, pour la première fois, parut petite et vulnérable à Fletch.

— Ça ne tient pas debout, Fletcher. Vous essayez simplement de sauver votre job. C'est tout. Je ne sais pas si vous avez inventé cette histoire, mais vous avez très certainement une bonne raison de ne pas voir la réalité en face.

— Des cendres de tapis dans une urne funéraire ?

— Seigneur ! Comment savoir ce qu'a bien pu inventer quelque obscur employé des pompes funèbres ? Personne ne se serait attendu à ce que les cendres données à Enid soient analysées un jour !

— Il aurait pu, au moins, fournir des restes humains... Si un fossoyeur suisse est vraiment à leur origine, bien sûr. Nous avons tous notre fierté.

Elle lui parla de profil, sans le regarder.

— Fletcher, je ne peux pas en supporter davantage. Pas ce soir. Quelque chose chez Wagnall-Phipps vous a fait perdre votre emploi, et Charles Blaine vous a abreuvé de toutes sortes d'incohérences, d'accord. J'ai essayé d'être gentille et franche avec vous et de répondre à vos questions. (Elle avait beau tourner le dos à la lumière, Fletch se rendait compte qu'elle pleurait.) Et je vous suis reconnaissante de votre intérêt pour les gosses. Je crois ce que vous m'avez dit à leur sujet. Mais quand vous prétendez qu'Enid a tué son mari, je n'ai jamais rien entendu d'aussi insensé de toute ma vie ! C'est trop... trop dingue !

Il se leva et enfila sa veste.

— Acceptez-vous, au moins, d'y réfléchir ? murmura Fletch.

Elle le regarda avec des yeux mouillés.

— D'après vous, je vais être capable de penser à autre chose ?

— Je vous demande seulement d'y réfléchir. Vous avez sous-estimé une autre femme, Francine. Vous êtes en train de vous faire avoir.

Elle lui ouvrit la porte d'entrée.

— Bonne nuit, Fletch. (Ses yeux cernés de rouge le suppliaient.) Vous demander de disparaître et de nous laisser tranquilles servira-t-il à quelque chose ?

Fletch embrassa Francine Bradley sur la joue.

— Bonne nuit, Francine. Merci pour le dîner.

CHAPITRE XXXII

— Bonjour, Moxie. Je te réveille ?
— Bien sûr. Qui est-ce ?
— Ton propriétaire. Ton banquier.
— Bon sang, Fletcher, c'est samedi ! La répétition ne commence qu'à deux heures.
— Heure de Californie ou de New York ?
— Tu es toujours à New York ?
— Ouais, mais je pars pour le Texas dans quelques minutes.
— Pour quoi faire ?
— Je cherche un cadavre, très chère. Et n'arrive pas à mettre la main dessus.
— Thomas Bradley n'est pas en pleine forme, planqué à New York ?
— Apparemment non. Malgré tous mes efforts pour secouer sa sœur, elle refuse de le sortir du placard.
— Qu'est-ce qu'elle a dit ?
— Elle paraît sincèrement bouleversée par tout ce que je lui ai raconté ! C'est une dame élégante, efficace, posée. Elle doit savoir que, tôt ou tard, je vais vendre la mèche et apporter aux autorités toutes les preuves en ma possession. Je crois vraiment qu'elle me présenterait à son frérot si c'était possible.
— Bon sang ! Fletch, j'ai une idée, peut-être Thomas Bradley est-il bien mort, malgré cet article dans le *News Tribune*. As-tu jamais pensé à ça ?

— Je commence à avoir foi en mes propres théories.
— Oh, non.
— Oh, si.
— Jusqu'à présent, Fletch, mon chéri, tes spéculations ont eu à peu près autant de valeur qu'un emplâtre sur une jambe de bois.
— C'est en forgeant qu'on devient forgeron.
— Qu'est-ce qu'il y a au Texas ?
— Le centre du monde, si tu demandes à un Texan. C'est de là qu'est originaire la famille Bradley.
— Et alors ?
Manifestement, elle avait envie de se rendormir au plus vite.
— Alors, quand tu cherches quelqu'un, mort ou vif, tu ne fouilles pas sa terre natale ?
— Plus à notre époque. Terminées, les terres natales. Aujourd'hui il n'y a plus que des *endroits* où nous vivons. En réalité, Fletch, tu es complètement paumé.
— Correct.
— Tu brasses du vent.
— Correct aussi.
— Tu fonces du Mexique à New York et du Texas à Dieu-sait-où parce que tout au fond de ton petit cœur vaniteux tu ne veux pas admettre que tu as commis cet acte définitivement imbécile qui consiste à faire parler un cadavre comme s'il appartenait toujours au monde des vivants.
— Tu retournes le couteau dans la plaie, Moxie.
— J'espère bien. D'autre part, il est vrai aussi que tu ne serais pas en train de zigzaguer dans le paysage comme une chienne en chaleur si tu n'avais pas reçu une subvention involontaire d'un certain James St. E. Crandall, et, je me permets d'ajouter, ma permission de l'utiliser.
— Ouais.
— Que je suis bête !
— J'espère que tu t'en repens.

— Non. Simplement, je me caille toute seule dans mon lit. C'est totalement différent.

— Tu pourrais être avec moi, dans une chambre d'hôtel surchauffée, à New York. Une chaleur de serre et des miroirs partout.

— Eh bien, j'espère que tu passes de bonnes vacances avec toi-même. Si ça t'intéresse, tu as encore perdu un boulot.

— Je n'en avais pas d'autre.

— Bien sûr que si. Je te l'ai dit. La vedette masculine de *Mal d'amour.*

— J'ai raté ça ? Oh, je suis maudit ! Maudit !

— Sam est parti. Remplacé par Rick Caswelle. Absolument merveilleux.

— Je suis content.

— Un mec superbe, avec de grands cils, tu vois ?

— Non.

— Parfaitement adapté à la pièce.

— Pas de problème de cuisses épaisses, eh ?

— Quoi ? Oh, non ! Il a couru le marathon du Nebraska. Il est superbe.

— Je crois que tu l'as déjà dit.

— Vraiment ? Désolée. Superbe.

— Oh.

— Réellement.

— J'ai pigé, Moxie... ?

— Est-ce que je peux me rendormir, maintenant ? J'ai simplement répondu au téléphone dans l'espoir que ce serait encore ton ex-femme. Juste pour lui raconter d'autres blagues sur toi.

— Moxie ? Que dirais-tu de piocher une idée pour moi ?

— A propos de Bradley ?

— Je sais que tu n'y crois pas. Tu préfères m'accuser d'incompétence et de stupidité...

— Je n'ai vraiment pas beaucoup de temps, Fletch. La première a lieu dans...

— C'est presque rien, Moxie.

— D'accord. Tout ce que tu veux, mon chéri. Excuse-moi... *mon propriétaire et banquier.*

— Tu pourrais réunir des copains — tes potes du théâtre, pourquoi pas ? — pour aller creuser dans le jardin d'Enid Bradley ? Elle s'absente tous les jours de neuf heures du matin à cinq heures du soir.

— Quoi ?

— Raconte-leur que c'est une chasse au trésor, ou un truc de ce genre.

— C'est ça que tu appelles *piocher une idée ?*

— Te faudra au moins une pioche, oui, pour retourner sa pelouse en huit heures.

— Tu veux aider maintenant Enid Bradley à faire son jardinage ?

— Non, non. Tu ne piges pas. Je cherche quelque chose.

— Quoi ?

— Comme d'habitude : Thomas Bradley.

— Fletch, tu n'es pas sérieux !

— Je crois qu'Enid Bradley a planté son mari dans ses plates-bandes.

— Fletch ?

— Ouais.

— Tu n'as rien dans la tête.

— Rien ?

— Si tu découvres Thomas Bradley sous les rhododendrons de sa femme, tu vas prouver qu'il est mort.

— Y a des chances.

— Et s'il l'est, tu es ruiné.

— J'ai envisagé cet aspect du problème.

— Alors pourquoi veux-tu retrouver son corps ?

— Deux raisons. Ma curiosité sera satisfaite.

— Tu as une curiosité hors de prix. Et la seconde de tes motivations ?

— Ça ferait un putain d'article, évidemment.

— Fletcher...

— Tu acceptes, Moxie ?

— Non.

— Vous avez tous besoin d'exercice. Et tout spécialement ce Rick. Imagine, passer une belle journée à jardiner.

— C'est inutile... Rick est déjà...

— Je sais.

— ... Superbe.

— Moxie, tu trouves toujours les prétextes les plus tordus pour ne pas faire ce qu'on te demande.

— Et toi, tu ne sais pas accepter un licenciement avec fair-play. Remets-toi, Fletch ! Fais le mort !

— Je suis sur quelque chose ici, Moxie. Vraiment. Retourne ce terrain. S'il te plaît !

— Salut, Fletcher. Je viens de me rendormir à l'instant.

— Moxie ?... Moxie ?...

CHAPITRE XXXIII

Un taxi s'arrêta enfin devant les bureaux de l'état civil de Dallas. Le chauffeur ouvrit sa vitre.

— 349 Grantchester Street, indiqua Fletch.

— Quelle raison auriez-vous d'aller là-bas ?

Le type avait la même expression que tous ses confrères lorsqu'ils discutent avec *l'un d' ces foutus pedzouilles qui savent pas d' quoi y causent.*

— Et pourquoi je n'irais pas ?

— Vous cherchez quelqu'un ?

— C'est ce qu'on pourrait dire, répondit Fletch d'une voix traînante.

— Eh bien, vous le trouverez pas.

— Je commence à le croire, ouais.

— Suis presque certain que tout ce coin n'est qu'un gigantesque ch'tier.

— Un gigantesque quoi ?

— Bien sûr, j'en mettrais pas ma main à couper pour cette adresse en particulier. Vous avez dit quel numéro ?

— 349.

— Autant qu' vous montiez. A mon avis, j'ai plus besoin du prix de la course que vous.

Fletch dégoulinait de sueur des pieds à la tête à cause de la chaleur sèche qui régnait sur la ville. Quand il s'installa, il entendit le conditionneur d'air tourner à plein régime. Dans la voiture, la température était bien plus fraîche. Le chauffeur démarra et, décidant que n'importe quel véhicule de Dallas, Texas, pouvait le doubler, il se laissa porter par le trafic. Il ferma sa fenêtre. L'air se refroidit encore.

— Tout l' long c't' un gigantesque ch'tier.

Fletch s'était rendu à l'état civil, à neuf heures du matin. Une femme mince, aux cheveux grisonnants, avait considéré que sa requête était d'un grand intérêt et en avait profité pour se montrer hospitalière envers quelqu'un qui, visiblement, n'était pas natif du Texas. Elle offrit un café à Fletch, lui proposa un beignet, disparut derrière les rayonnages et revint avec un registre vraiment trop gros pour elle et assez poussiéreux pour que sa blouse blanche eût l'air d'être passée sous un bus. En dehors de la date de naissance, elle établit que Thomas Bradley était bien né à Dallas, Texas, au Dallas Hospital, de Lucy Jane (McNamara) et de John Joseph Bradley, résidant 349 Grantchester Street.

— J' t'ai prévenu qu' tout est en ch'tier, par là, fiston ! Alors, quand on arrivera, faudra pas t' foutre en rogne cont'e moi d' t'avoir emmené.

— C'est promis, assura Fletch.

— A moins qu' t' sois dans l' timent.

— Dans quoi ?

— T'aurais eu l'air d'être dans l' timent, j'aurais jamais rien dit. Mais c' pas l' cas.

— Ah oui ? répondit Fletch.

Le soleil se réfléchissait dans un million de miroirs, les vitres des immeubles, les pare-brise, les chromes des voitures. Le conducteur portait des lunettes noires. La transpiration de Fletch gela sur tout son corps. Il se pelotonna sur son siège.

L'employée de l'état civil avait été très gentille et d'un grand secours. Elle avait transporté pour lui registre après registre. Son tablier ne retrouverait jamais sa blancheur originelle.

Le chauffeur tourna deux fois à droite. La pancarte indiquant *Grantchester* était renversée.

Devant eux, des deux côtés de la rue, s'étalait un gigantesque chantier. Une barrière cadenassée courait le long des trottoirs. Un bulldozer paresseux sommeillait au milieu des gravats. Aucun ouvrier en vue. Toutes les maisons qui s'étaient dressées là avaient été abattues. Et aucune nouvelle construction n'était, pour l'instant, sortie de terre.

— Rénovation urbaine, commenta le Texan en ralentissant. Un gigantesque ch'tier.

— Ah, oui ? répondit Fletch.

Il n'avait jamais fait autant de kilomètres pour visiter un terrain vague. Tout le quartier avait disparu.

— Personne ici, dit l'homme, simplement.

— J'en ai bien peur.

— Pas même quelqu'un à qui demander.

— Non.

— L' timent, ça marche à Dallas.

— Vous en êtes fier, n'est-ce pas ?

Il lui donna le nom de l'hôtel où il avait passé la nuit de dimanche, et où il ne serait certainement plus celle du lundi.

— Francine ?

Fletch s'était demandé si elle lui répondrait. Il avait communiqué sa véritable identité à la secrétaire.

De retour dans sa chambre, il s'était douché, avait enfilé un maillot, puis il avait traîné autour de la piscine, sur le toit, jusqu'à ce que son coup de soleil mexicain recommençât à se manifester. Maintenant, il était assis au bord de son lit à chercher comment il devait s'habiller avant de partir.

— Oui, monsieur Fletcher. Je veux dire, Fletch.

La voix de Mlle Bradley était grave. Francine avait l'air fatiguée et sur ses gardes.

— Pas de nouvelles idées ? demanda Fletch.

Il l'avait appelée en automatique. Elle n'avait donc aucun moyen de savoir, pas plus que son assistante, qu'il téléphonait de Dallas.

— A quel sujet ?

— Sur notre problème de vendredi soir.

— J'ai réalisé que vous aviez subi un préjudice, Fletch. Un cafouillage quelconque à Wagnall-Phipps vous a fait perdre votre travail. J'aimerais discuter avec Enid d'une compensation.

— Que voulez-vous dire ?

— Une compensation financière. Qu'il s'agisse d'une erreur de Charles Blaine, d'une blague, ou encore que cela vienne de notre décision, à Enid et moi, de retarder de six mois l'annonce de la mort de Tom — les faits sont là. Vous avez été embarqué dans cette galère. Vous avez subi un dommage. C'est en partie de notre faute, je m'en rends compte, ou de la faute de Wagnall-Phipps. Vous vous imaginez des choses. Des choses affreuses.

Sa voix était si faible que, malgré lui, Fletch appuyait de toutes ses forces l'écouteur contre son oreille.

— Je conseillerai à Enid de vous offrir six mois de salaire. Assez pour que vous partiez en vacances en Europe, ou ailleurs, et réfléchissiez à ce que vous ferez de votre vie.

— C'est gentil de votre part.

— Eh bien, sincèrement, je pense que c'est notre devoir. A mon avis, toute cette confusion vient de la nécessité de préserver l'autorité d'Enid dans notre entreprise, et de l'aider à franchir une étape difficile. Il n'y a aucune raison que vous en supportiez les conséquences.

— Francine, où êtes-vous née ?

Il y eut un silence. Puis elle répondit :

— Mon père était ingénieur. Je suis née au hasard d'une de ses affectations.

— Où ?

— Juneau, Alaska.

— Je vois.

— Fletch, pourquoi ne pas me laisser parler avec Enid ?

— Vous ne semblez pas avoir beaucoup réfléchi aux preuves que je vous ai apportées, Francine.

— Mais si. Tout s'explique de façon simple et évidente. Cependant, je ne dirai jamais à Enid qu'un employé des pompes funèbres suisses lui a donné les cendres d'un tapis. C'est abominable. Je vous fais confiance pour vous taire aussi.

Les yeux baissés sur ses orteils, Fletch sourit.

— Puis-je vous revoir ? demanda-t-il.

— J'en serais ravie. Vers la fin de la semaine ?

— Jeudi soir ?

— Oui. Venez à mon appartement. J'aurai eu le temps d'en toucher un mot à ma belle-sœur. Je saurai ce qu'elle en pense. Je suis certaine qu'elle sera d'accord. Un voyage à l'étranger vous profiterait sûrement à ce stade de votre existence. Vous aiderait à faire le point.

— Je vous verrai jeudi.

Après avoir reposé le téléphone, Fletch traversa sa chambre d'hôtel de Dallas, Texas, ouvrit sa valise et en sortit son polo.

CHAPITRE XXXIV

— Moxie ?

— Fletch ?

— Salut.

— Hé, on est en plein filage de la dernière scène, et quelqu'un me prévient que j'ai un appel de Juneau, Alaska. Pour l'amour du ciel, je ne connais personne à Juneau, Alaska.

— Tu me connais.

— Tu es à Juneau, Alaska ?

— Ouais.

— Bon sang, tu ne peux rien faire normalement ! Tu vises Dallas, Texas, et tu touches le Grand Nord. C'est le style Fletch. Linda m'avait prévenue qu'il t'arrivait de rentrer du bureau en passant par Hawaï. Au moins, elle, un rôti lui tenait compagnie.

— Arrête une minute.

— Il y a des morts à Juneau, ou quoi ?

— J'étais à Dallas hier.

— Hé ! Fletch. Tu ne dois pas interrompre les répétitions, tu sais ? Suppose que tout le monde se retrouve au téléphone. La première n'aurait jamais lieu.

— Alors pourquoi as-tu répondu ?

— M' suis dit que c'était peut-être ce bon vieux Freddy, en manque d'Ophélie ou autre. Par exemple, une fille aux nerfs d'acier, pour ce numéro de lancer de couteaux réservé à ses traversées du désert.

— Je voulais te demander un truc.
— Dépêche-toi. Faut que je retourne bosser.
— As-tu déjà été confrontée à quelque chose que tu ne comprenais absolument pas ?
— Sûr. Mon père.
— Je veux dire que ton esprit n'arrivait tout bonnement pas à cerner ?
— Sûr. Mon père.
— Où tous les faits, mis bout à bout, menaient à une impossibilité ?
— Sûr. Mon père.
— Je suis sérieux.
— Moi aussi.
— Je suis vraiment sérieux, Moxie. Quand tu arrives à prouver un machin qui ne peut définitivement pas être vrai ?
— Non. Je suppose que non.
— Si tu te retrouvais dans une telle situation, que ferais-tu ?
— Douterais de mes conclusions.
— Ouais. J'ai essayé.
— Ça ne marche pas ?
— Non.
— Bon, faut que j'y aille.
— J'ai une autre question à te poser.
— Quoi ? Quand rentres-tu à la maison ?
— Peut-être vendredi soir.
— Quelle est ta question ?
— Comment va Ryck ?
— Oh, il est...
— Je sais. Salut, Moxie.

CHAPITRE XXXV

Jeudi, avant l'aube, Fletch attendait en face de chez Francine Bradley à New York.

C'était un doux matin de printemps, mais il portait son imperméable et son chapeau. Il se tenait dans l'entrée d'un pressing encore fermé. Il était surpris d'entendre les oiseaux chanter. Mais il ne les voyait pas. Et, bien sûr, il y avait aussi les sirènes. N'importe où dans la ville, à n'importe quelle heure du jour ou de la nuit, on vit avec les sirènes.

A six heures moins le quart, un taxi arriva. Vêtue d'un manteau court et de bottes montantes, Francine sortit d'un pas vif et s'y engouffra.

Le véhicule était déjà loin quand Fletch trouva une autre voiture, mais il y avait peu de circulation et il fut facile de le rattraper. Fletch raconta au chauffeur qu'il essayait de rejoindre sa femme parce qu'elle avait oublié son portefeuille.

Ils traversèrent Central Park à grande vitesse et tournèrent vers le nord.

Francine descendit au coin de la 89e Rue.

Fletch marcha lentement derrière elle. Il la vit entrer dans une allée.

Flânant, la tête baissée, il dépassa l'endroit et y jeta un coup d'œil. Il découvrit quelque chose d'insolite pour New York, une cour d'écurie gravillonnée, avec des stalles, et des chevaux dont les têtes dépassaient des boxes. Des ballots de paille étaient empilés dans les coins.

Fletch ne s'arrêta pas. Il avait parcouru une centaine de mètres lorsqu'il entendit dans son dos un bruit de sabots. Il se retourna.

Francine, en selle, sortait de l'allée et bifurquait en direction du parc. Elle avait ôté son manteau.

CHAPITRE XXXVI

— Salut, dit-elle, en lui ouvrant.

Fletch examina les seins de Francine.

Il était dix-huit heures tapantes. Le portier avait prévenu le jeune homme qu'on l'attendait, et qu'il allait l'annoncer.

Francine Bradley était déjà maquillée. Elle portait un collier de perles et avait revêtu une robe de soirée décolletée gris souris. Sa poitrine n'était pas très volumineuse, mais semblait ferme pour une femme de son âge. A voir la coupe de son vêtement, Fletch soupçonna qu'elle était fière de ses seins.

— Vous paraissez un peu fatigué, constata-t-elle en refermant derrière lui. La vie new-yorkaise est-elle trop trépidante pour mon innocent tartines-chocolat ?

— J'ai visité les banlieues, lâcha-t-il.

Elle s'arrêta près du bar du salon. Fletch alla jusqu'à la large baïe vitrée et, en passant, baissa les yeux sur la table basse. Puis il regarda à l'extérieur.

— Vous voulez boire quelque chose ? proposa-t-elle.

— Pas encore, merci.

— Eh bien, je vais attendre aussi.

Francine s'assit sur le divan.

— Vous avez l'air vraiment crevé. (Elle redressa un coussin.) Et un peu tendu.

— Non, répondit Fletch, le dos tourné.

— Je parie que vous avez hâte de connaître notre décision ?

— Laquelle ?

— J'ai eu plusieurs longues conversations avec Enid. Bien sûr, je lui ai caché vos folles idées. Mais, à part ça, je lui ai tout raconté dans le détail : vous avez fait votre apparition, bouleversé. Je vous ai invité à dîner et écouté patiemment. J'ai compris que vous aviez perdu votre emploi, à cause de notre retard délibéré de l'annonce du décès, et de la folie de Charles Blaine qui vous a pris au dépourvu. En fait, j'ai dit à Enid que vous étiez pratiquement grillé dans votre profession — pour la vie. Est-ce exact ?

— Plus ou moins.

— Elle m'a informé que vous étiez allé ennuyer Tata à son école de Southworth. Par contre, elle ne savait pas que vous aviez rencontré Tom. J'ai affirmé que vous aviez vu les enfants pour vous excuser. C'est la vérité, n'est-ce pas ?

— Plus ou moins.

— Enid a fini par admettre que nous sommes en partie responsables de vos ennuis actuels. Elle s'est rangée à mon avis et a approuvé l'idée de vous aider. Financièrement, j'entends.

Sur un toit, de l'autre côté de la rue, Fletch apercevait un couple âgé installé sous un parasol, sur des chaises de jardin. Un shaker et une assiette d'amuse-gueule étaient posés entre eux sur une petite table métallique. Un journal reposait sur les pieds de l'homme. Tandis que Fletch les observait, la femme dit quelque chose et son compagnon éclata de rire.

— Bien sûr, nous ne savons pas exactement ce que gagne un journaliste, poursuivit Francine, mais, à notre avis, il vous faudra six mois pour faire face à votre situation, trouver une autre profession et de nouveaux centres d'intérêt. Pour vous calmer, et oublier cette obsession à notre sujet. Peut-être qu'un voyage vous conviendrait ? Vous pourriez même utiliser ce que nous vous donnerons pour reprendre vos études. (Elle respira profondément.) Evidemment, pour ma part, je vous suis reconnaissante de nous avoir prévenues à propos de Tom. Nous ne nous doutions de rien. Enid est allée dans sa chambre, au collège, et a découvert la triste réalité. Il était à moitié évanoui dans la baignoire — exactement comme vous me l'aviez dit. Elle n'a pas hésité une minute et l'a confié à des spécialistes. Ce sera long, certainement, poursuivit-elle d'un ton plus doux, mais il s'en sortira. Même si votre attitude n'a aucun sens, Fletch, nous avons, grâce à vous, réalisé l'état de Tom. C'est donc tout naturel que...

Sa voix mourut.

Sur le toit, en face, l'homme servait un autre martini.

— C'est pourquoi..., ajouta-t-elle vivement, Enid et moi avons décidé de rattraper le tort que nous vous avons causé, en vous offrant six mois de salaire. Pour des raisons pratiques, nous nous arrangerons pour que l'argent soit versé par l'entreprise. A vous d'en user comme bon vous semblera, et de vous promener où vous voudrez. Profitez de cette chance de mettre un peu d'ordre dans votre existence.

— Non.

— Pardon ?

Fletch continua à regarder par la fenêtre.

— Non.

— Sincèrement... reprit Francine, après un silence, ce n'était pas la véritable raison de vos différentes visites, avouez-le ? Soyez honnête avec vous-même, Fletch. N'espériez-vous pas, au fond, que nous comprendrions votre problème et que disons, nous vous donnerions un coup de main ?

— Non.

— Qu'est-ce qui ne va pas ? Ce n'est pas assez ? Ou alors vous ne voulez vraiment pas de cet argent ?

— Non.

Ils restèrent silencieux très longtemps. Dans la pièce, la lumière diminuait.

Fletch observait les vieux plier leurs chaises, rassembler leurs journaux, récupérer shaker, verres et assiettes, puis disparaître par la porte du toit.

CHAPITRE XXXVII

— Je suis sûr que Mélanie attend votre réincarnation avec impatience, dit Fletch.

Il se retourna juste à temps et vit les mains de Francine trembler ainsi que ses efforts désespérés pour dissimuler sa surprise et son inquiétude. Mais, rapidement, elle réussit à afficher une expression quasi maternelle.

— De quoi parlez-vous, maintenant ? fit-elle.

— Mélanie... Votre jument de Californie. Personne ne l'a jamais vendue.

— Qu'insinuez-vous ?

— Je n'y comprends rien moi-même. (Fletch haussa les épaules.) Vous êtes Tom Bradley.

— Mon Dieu ! Il a totalement perdu la tête !

D'un air de profonde perplexité, Fletch regarda de nouveau les seins de Francine.

— Peut-être.

— D'abord, vous m'affirmez qu'Enid a tué Tom, et voilà que vous me dites que je suis Tom ! (Elle eut un rire de gorge.) Il vous faudrait peut-être plus de six mois de repos.

— Je dois avouer que, dans cette lumière, vous êtes merveilleuse.

— Enid ne s'est pas débarrassée du chevel de Tom, *ergo* je suis mon frère ? Enid a été occupée, vous savez, très occupée. Elle s'est chargée d'une famille et d'une entreprise de bonne taille. Cet animal était le cadet de ses soucis.

— Vous faites de l'équitation, poursuivit Fletch, je vous ai observée, ce matin, dans la 89e Rue.

— C'est vrai, j'aime ça. Mon frère aussi adorait ce sport. Cela fait-il de moi mon propre frère ?

— Le soir où nous avons mangé ensemble, vendredi dernier, vous avez passé une grande partie du repas à me raconter une longue histoire cochonne pas très drôle.

— Et alors ? Je suis désolée que vous ne l'ayez pas appréciée. J'avais un peu bu. Je l'ai crue marrante.

— Les blagues pornos pas rigolotes sont une caractéristique de Thomas Bradley. Comme me l'ont signalé Gina Gay, Alex Corcoran, Mary et Charles Blaine.

— Tom et moi avions beaucoup de points communs. Nous étions frère et sœur. Fletch, vous devenez fou ?

— Frère... Sœur... Vous êtes votre frère.

— Je suis aussi mon grand-père.

— C'est possible.

— Où voulez-vous en venir avec cette plaisanterie ?

— Je n'ai qu'une famille, quand, à l'heure actuelle, je devrais en posséder trois.

Il prit l'acte de naissance de Thomas Bradley dans la poche intérieure de sa veste et le posa sur la table basse, devant elle.

— Thomas Bradley est né à Dallas, Texas.

Elle acquiesça.

— Merci, j'étais au courant.

— Je suis allé à Dallas, dimanche. Au fait, votre quartier a été rasé.

Elle haussa les épaules.

— Adieu, souvenirs d'enfance !

— Vous n'êtes pas venue au monde à Dallas, Texas.

— Je vous l'ai dit. A Juneau, Alaska.

— Mardi, j'y étais. Vous n'êtes pas de là non plus.

Francine le dévisagea.

— Et Thomas Bradley n'est pas mort en Suisse, continua-t-il.

Fletch était retourné près de la fenêtre, mais sans cesser de l'observer.

— Ainsi, expliqua-t-il, au lieu d'être en possession de deux actes de naissance et d'un certificat de décès, je n'ai qu'un unique papier. Et c'est le vôtre. Les Bradley n'ont eu qu'un enfant — un fils du nom de Thomas.

— Je suis née à l'extérieur de Juneau, à cent cinquante kilomètres environ.

— Non. Vous n'êtes pas née du tout, Francine.

Elle soupira et détourna les yeux.

— Mon Dieu !

— Et Thomas Bradley n'est pas mort du tout, assura Fletch.

— Vous faites vraiment confiance aux paperasses, Fletcher. Aux administrations, aux fonctionnaires, aux secrétaires...

— Et aux fossoyeurs suisses, vous oubliez les fossoyeurs suisses. Vous avez vous-même rédigé ces mémos pour la comptabilité de Wagnall-Phipps, Francine, et les avez signés T. B. probablement sans même vous en rendre compte. Nous avons tous de petites habitudes qui sont, pour chacun d'entre nous, une seconde nature. Nous avons certaines manières d'agir et continuons, quelles que soient les circonstances, inconsciemment.

Il la surveilla en silence un moment.

— Exact ? reprit-il enfin.

— Non.

— Francine, voudriez-vous venir ici, s'il vous plaît ?

On aurait dit une enfant effrayée, rétive.

— S'il vous plaît, approchez-vous, insista-t-il.

Elle se leva et traversa la pièce d'une démarche mal assurée. Elle laissa la table basse entre eux.

— Baissez les yeux, Francine.

Elle étudia la mosaïque.

— Presque finie, n'est-ce pas ? demanda-t-il.

— Oui.

— La première fois que je suis monté chez vous, il y a une semaine, elle en était loin.

Elle ouvrit lentement la bouche.

— Je vois.

— Allons, Tom, dit Fletch. Je ne cherche à embarrasser personne. Comme vous l'avez constaté l'autre jour, j'essaie seulement de sauver mon cul.

Francine dissimula son visage dans ses mains, se retourna et se dirigea vers l'entrée. Elle se cogna contre une chaise.

Fletch entendit ses hauts talons sur le plancher en bois du vestibule. Puis il perçut des coups à une porte.

— Enid ? appela-t-elle. Enid, peux-tu m'aider, s'il te plaît, ma chérie ?

CHAPITRE XXXVIII

— Fletch, croyez-vous à l'existence de l'âme ?

— L'âme est immatérielle, fit-il.

— C'est de l'humour ? demanda Francine.

— Evidemment.

Enid Bradley était entrée dans le salon en avançant pas à pas, timidement, comme à regret.

— Bonjour, madame Bradley, dit Fletch.

Elle avait l'air anxieuse, et ne répondit pas.

Francine arriva derrière elle. Elle avait retrouvé son sang-froid. Elle la prit par le bras. Elles s'assirent ensemble sur le divan.

Fletch desserra son nœud de cravate, déboutonna le col de sa chemise et s'installa dans le fauteuil.

— Désolé, murmura-t-il. (Il regarda une autre fois la poitrine de Francine.) Je pige pas.

En les voyant toutes les deux côte à côte, il réalisa que Francine était la plus petite. Derrière lui, sur la photo, la taille de Thomas Bradley était inférieure à celle de sa femme.

— ... Et il faut que je comprenne. J'ai ma peau à défendre.

Les deux femmes avaient posé les mains sur leurs genoux. Francine se tenait très droite. *Enid paraît toujours terrifiée de ce que l'avenir lui réserve — vous savez, comme si elle avait peur que quelqu'un raconte une saleté*, avait expliqué Mary Blaine, à Puerto de San

Orlando. *Et, d'habitude, son mari ne s'en prive pas,* avait ajouté Charles Blaine.

— Fletch, interrogea Francine, savez-vous ce qu'est un transsexuel ?

— J'avoue que je ne saisis pas, mais j'aimerais y parvenir.

Impossible d'assimiler tout ce qui arrive, avait annoncé Ta-ta, en courant au petit trot dans les bois de Californie. *Bien sûr, on peut essayer. On peut même faire semblant, même si ce n'est pas vrai. Mais, certaines choses...*

— Parfois, un homme naît dans un corps féminin, dit Francine. Ou une femme dans un corps masculin.

— Qu'est-ce qui nous définit comme mâle ou femelle, à part notre enveloppe charnelle ? réfléchit Fletch, à haute voix.

— Nos âmes, fit Francine. Pour reprendre le mot que vous avez employé, il existe une identité *immatérielle* qui n'a rien à voir avec notre physique. J'étais une femme dans un corps d'homme, simplement. Je l'ai su dès l'âge de deux ou trois ans. Aussi loin que je remonte, j'ai éprouvé des désirs féminins. Beaucoup d'intérêt pour les vêtements, par exemple. J'avais un point de vue de fille sur tout. J'aimais les poupées et les bébés. J'adorais jouer à la dînette et me faire coiffer. Je me rappelle la première fois où mon père m'a présentée comme *son fils, Tom.* Je l'ai regardé, choquée. Ce n'était pas de moi qu'il parlait. Je le savais.

Elle alla jusqu'au bar et servit trois scotchs à l'eau.

— Je suis allée au lycée de garçons, à Dallas, continua-t-elle. Je portais des pantalons et des polos et jouais dans l'équipe de base-ball. Je n'étais pas si mauvais, d'ailleurs. Bon sang, vous voyez, j'ai failli dire que je pouvais lancer la balle *comme un homme...* Elle lui sourit. Je sortais avec des filles, et fus même élu trésorier de ma promotion. Alors, je devins un superbe acteur. Dans chaque mot, chaque expression du visage, je jouais le rôle du mâle parfait. J'en étais un. J'avais l'équipement et pouvais le faire se dresser à mon ordre. Mais ne me demandez pas ce que j'avais vraiment dans la tête, sur le siège arrière des voitures avec Lucy, Janey ou Alice. Les lycéennes m'aimaient tout particulièrement parce que je les comprenais bien. Mes années de collège, les dortoirs de mecs, les fraternités étudiantes, oui, ce fut agréable, d'une certaine façon. Mais je sentais que je trichais — parce que j'étais une femme.

Elle tendit son whisky à Fletch.

— Pouvez-vous imaginer pire conflit intérieur ? fit-elle. Je ne connais pas de vie plus pénible : être obligé de se montrer malhonnête avec ses moindres phrases et ses moindres attitudes à n'importe quel instant de l'existence...

Elle prit les deux autres verres sur le bar et, revenant au divan, elle en donna un à Enid, qui en avala la moitié cul sec.

— Vous m'avez rapporté les indiscrétions de l'un de nos fouinards de voisins... reprit-elle. Il prétendait entendre Enid hurler des nuits entières. Ce n'était pas elle. C'était moi, — Tom Bradley — qui tentais d'échapper à mon corps ! (Elle but une gorgée.) Puis il y a eu ce fameux dimanche matin où j'ai ingurgité tout ce qui traînait dans l'armoire à pharmacie. Je préférais mourir plutôt que de continuer cette vie et ce mensonge qui me dévoraient à petit feu. (Sa main libre serra celle d'Enid, et ne la quitta plus.) Enid m'a promis de m'aider à me transformer. C'est mon amie la plus chère, et mon grand amour.

— Vous étiez au courant, *avant ?* dit Fletch.

— Oui, avoua Enid.

— Depuis des années ?

— Oui.

— C'est quelque chose qu'un époux ne peut vraiment pas cacher longtemps à sa compagne, intervint Francine. Je me suis marié en espérant que je pourrais jouer ce jeu à jamais. Mais j'ai échoué. Vous voyez, Fletch, quelqu'un dans mon genre soupçonne chaque mâle —

même vous — de souhaiter être une femme. Je ne peux pas m'en empêcher, et pourtant je sais que ce n'est pas vrai. Et puis j'avais un instinct maternel très développé. Vivre avec Enid me permettait d'avoir des enfants. Je n'avais pas d'autre solution.

— Roberta et Tom sont à vous ?

— Bien sûr. (Francine sourit.) Je vous l'ai dit. J'étais *équipé.* Aucune raison pour que je n'aie pas de gosses — en tant que père.

— Eh bien ! souffla Fletch.

Francine l'observa malicieusement.

— Vous voulez que je vous laisse un moment pour reprendre votre respiration ? dit-elle.

— Enid, avoua Fletch, je croyais que vous l'aviez assassiné...

— Je me suis assassinée toute seule, assura Francine. Car c'était l'unique moyen pour moi de rester en vie. Mon jeune ami, il faut savoir prendre parfois des décisions radicales, si l'on veut survivre.

Malgré lui, Fletch fixait les seins de Francine.

— Oui. Pendant deux ans, avant ma transformation chirurgicale, j'ai reçu des injections d'hormones qui ont adouci mon corps, changé mes formes et fait pousser ma poitrine.

J'ai expliqué à ma femme que Tom Bradley paraissait rétrécir, avait assuré Alex Corcoran, lors de leur conversation au club de golf.

— De plus, continua Francine, j'ai suivi une psychothérapie intensive pour être certaine de ma décision.

Il faisait maintenant presque nuit dans la pièce. Personne ne bougea pour allumer.

— Chirurgie ? interrogea Fletch.

— Oui, dit Francine. Chirurgie.

Fletch se souvint du geste de Tom Jr., dans sa baignoire. Il avait fait semblant de s'enfoncer un couteau dans le bas ventre.

— Il me reste encore une opération, expliqua Francine, presque joyeusement. Et puis je pourrai rentrer à la maison.

— Sous l'identité de Francine Bradley.

— Exactement. Je suis capable d'y arriver. Vous voyez, après ces longues années à tenir un rôle, j'ai décidé que c'était fini. Je suis *vraiment* Francine Bradley.

— Suis convaincu.

— Enid et moi avons soigneusement inventé de toutes pièces le mythe Francine. La sœur de Tom. Intelligente, compétente en affaires, au courant de tout à propos de Wagnall Phipps. Prête à prendre les choses en main s'il arrivait quoi que ce soit à Tom.

— Vos enfants connaissent la vérité, n'est-ce pas ?

— Oui. Nous pensions qu'ils étaient assez grands. Ils avaient été témoins de ma douleur et de mon agonie. Mais j'imagine que Tom n'était pas encore suffisamment mûr. C'est évident : un tel événement est plus difficile à vivre pour un garçon. Roberta comprend ma transformation, parce que c'est une femme. Je vous assure que nous n'étions pas au courant des problèmes de Tom, jusqu'à ce que vous nous préveniez, Fletch. Il doit prendre en main sa propre existence. Mais moi, j'ai la mienne à défendre.

Fletch avait bu son scotch sans s'en rendre compte.

— Et vous avez continué à faire passer ces mémos à Blaine, signés T. B... Vous ne vous en êtes pas aperçue.

Dans le noir, il entendit Francine soupirer.

— Le plus terrible, dans une telle transformation, ce sont les petits détails. Le nom sur les comptes en banque, les cartes de crédit, les feuilles de Sécurité sociale. On oublie toujours quelque chose. Il serait préférable de mourir pour de bon, et de passer par une succession. Il y a plusieurs mois, je me suis fait arrêter pour excès de vitesse dans le Connecticut. Et je me suis retrouvée là, une blonde entre deux âges, en robe du soir et talons hauts, conduisant avec un permis californien au nom de Thomas Bradley. La moitié de mes papiers assurait que j'étais Francine, et l'autre Thomas. Le flic était paumé. Pauvre gars. Il m'a emmenée au poste. J'ai été forcée de leur dire la vérité. Savez-vous qu'ils ont très bien compris ? Evidemment, ça a pris un moment, mais ils ont été tolérants et respectueux. Bien obligés, remarquez. Aujourd'hui, nous sommes des milliers, aux Etats-Unis. Mais, Dieu merci, on ne nous a pas encore réduits à une statistique. Trop marginaux, pour l'instant. Mais nous existons. Au fait, j'ai toujours cette contredanse ! Au nom de Francine. (Elle éclata de rire.) J'ai payé avec joie. J'adore tout ce qui me rappelle ma nouvelle personnalité. Evidemment, ajouta-t-elle plus sérieusement, c'est différent de recevoir une amende dans le Connecticut et me voir dans votre journal...

Fletch répondit calmement :

— Je crois que vous devriez tout raconter à Charles Blaine.

— Oh, non ! Comment Charley pourrait-il accepter ? Il est si normal, si coincé.

— Mary et lui sont plus compréhensifs que vous ne le pensez. Ils sont favorablement influencés par leur tante.

— Ah, Gina ! Comme j'ai pu la haïr ! Elle est tellement féminine, et si heureuse de l'être ! Je n'ai plus besoin de la détester, désormais, je crois.

Dans le noir, Enid laissa échapper, d'une petite voix :

— Qu'allez-vous faire, monsieur Fletcher ?

— Moi ?

— Nous n'avons tué personne, reprit Enid. Seulement menti. Allez-vous nous ruiner, et ruiner notre entreprise à cause de ça ? Nous avons le droit à une vie privée, n'est-ce pas ? Francine peut mener l'existence qu'elle entend.

— Pardonnez-nous nos mensonges compliqués, Fletch, renchérit Francine. Mais le monde n'est pas prêt pour ce genre de choses. Cela ferait du tort à la compagnie. On me considérerait comme un véritable monstre. Des gens dont nous avons besoin nous quitteraient et Alex ne réussirait même plus à vendre un extincteur à Red Adlair.

— Raconterez-vous notre histoire dans votre quotidien ?

Enid semblait au bord des larmes.

— J'aimerais surtout expliquer l'affaire à mon rédacteur en chef. Et récupérer mon boulot.

— Il va tout publier ! pleurnicha Enid.

— Non, non, la rassura Fletch. La presse connaît des tas de secrets qu'elle ne révèle jamais. Votre aventure n'a rien de public.

Francine alluma une lampe derrière le divan. Son visage était charmant. Souriant.

— Nous ne nous attendions pas à ce que vous montriez tant d'obstination, Fletch. Le Mexique, New York, Dallas, Juneau...

— Ni à ce que vous trouviez les moyens de financer tous ces déplacements, ajouta Enid.

Maintenant, elle avait l'air plus à l'aise.

— Je n'en avais pas. J'ai... euh, emprunté cette somme, en quelque sorte.

Francine se leva.

— Pouvons-nous vous rembourser ?

— Je vais me débrouiller.

— Francine, ma chérie ?

Enid tendait son verre vide.

— Ce fut votre erreur, en fait, reprit Fletch.

— Quoi donc ? s'enquit Francine, sur un ton indifférent.

— Quand je suis venu chez Enid, elle m'a seulement proposé de l'argent. Il ne faut jamais faire ça à un journaliste.

— Sinon ? demanda Francine depuis le bar.

— Sinon il plantera ses dents dans votre mollet, et ne lâchera plus.

CHAPITRE XXXIX

— Thomas Bradley n'est pas mort, lança Fletch en pénétrant dans le bureau de Frank Jaffe. Il est bien vivant, et habite New York, sous une personnalité différente. En gros, il dirige Wagnall-Phipps. C'était lui, l'auteur de ces mémos. Je l'ai cité à bon escient. Je veux récupérer mon poste.

C'était vendredi après-midi. Il avait traversé la salle de rédaction sous les sifflets et les quolibets. Quelqu'un avait crié :

— Hé ! c'est Fletcher ! De retour du cimetière ! Une fois de plus !

Certains de ses ex-confrères étaient restés silencieux, mais avaient détourné les yeux.

— Janey ? avait demandé Fletch, Frank est là ?

— Oui. Et toi aussi, je vois. Pourquoi ?

— Je t'en prie, dis-lui que j'ai un truc important à lui annoncer.

— Qu'est-ce que...

— C'est personnel.

On fit attendre Fletch plus d'une heure, dans un va-et-vient permanent. Les gens qui passaient le reconnaissaient, fronçaient les sourcils et ne lui adressaient pas la parole. A part un vieux reporter, dont le regard et le hochement de tête furent amicaux.

— Salut, Fletch.

— Salut.

— Tu vas bien ?

— Comme un poisson dans l'eau.

— Suis content.

Frank Jaffe lui jeta un regard torve quand il entra.

— C'est plutôt gentil de ma part d'accepter de te recevoir, lâcha-t-il.

— Oui, répondit Fletch en refermant derrière lui.

Quand Fletch lui affirma que Thomas Bradley n'avait rien d'un fantôme, les yeux de Frank conservèrent leur lueur de moquerie. Puis il renifla :

— La semaine est presque finie. (Il lorgna sa montre.) Je peux me payer cinq minutes de bon temps. Tu as un papier ?

Sans y être invité, Fletch se laissa tomber sur l'une des chaises, en face de Frank. Tandis que Fletch parlait, Jaffe montra d'abord de l'indifférence, puis de l'impatience et enfin une curiosité intriguée quand il commença à mentionner tous les avions qu'il avait pris.

Le visage de Frank s'anima lorsque Fletch lui rapporta son ultime conversation avec Francine Bradley, à New York et décrivit les deux femmes assises côte à côte sur le divan, se tenant la main, courageuses malgré leur angoisse, et honnêtes malgré leurs problèmes.

— Bon Dieu ! s'exclama Frank. Une histoire de meurtre sans meurtre. Tu déniches toujours de petites merveilles, mon gars. Impossible de publier ça.

— Heureux de te l'entendre dire. J'ai assuré aux Bradley que nous ne sortirions pas cette histoire.

— *Nous* ? Qui ça, *nous* ? Tu parles encore au nom du *News Tribune* ?

— C'est seulement un tic journalistique, Frank. Je n'écrirai pas là-dessus et tu ne publieras rien. Exact ?

— Evidemment. (Jaffe se tripota nerveusement les joues.) Pas sans leur autorisation.

— Tu l'auras jamais.

— Je m'en doute. Ils ont trop à y perdre. Wagnall-Phipps se retrouverait à sec plus vite qu'un pigeon à Las

Vegas. De toute façon, Thomas Bradley — je veux dire Francine — a droit au respect de sa vie privée.

Les yeux mouillés de Frank Jaffe fixèrent Fletch un long moment. Ce dernier se rendait compte que, contrairement à ses affirmations, le rédacteur en chef était tenté par cette anecdote croustillante. Mais, heureusement, Frank avait toutes les raisons de protéger l'intimité des gens : il avait la sienne à défendre, et celle de Clara Snow.

Fletch lui sourit. Au bout d'un moment, le visage de Jaffe s'éclaira aussi.

— Un putain d'article, pourtant... Tu as pénétré par effraction chez les Bradley ? C'est bien ce que tu as dit ?

— Je n'ai rien forcé. La porte qui donnait sur la piscine n'était pas verrouillée.

— C'est quand même illégal. Les Bradley ont porté plainte ?

— Je n'ai pas volé des cendres humaines. Juste celles d'un tapis.

— Pourquoi en étais-tu si certain ?

— Je ne l'étais pas. J'espérais seulement découvrir quelque chose. Au départ, je n'avais pas plus d'éléments que toi, les mémos, tous ces trucs. Et puis Enid Bradley m'a proposé de l'argent trop rapidement pour que je laisse tomber.

— Ah ! Le meilleur moyen d'éveiller la curiosité d'un bon journaliste ! murmura Frank. Ou de corrompre un mauvais.

— Honnêtement, je n'étais sûr de rien, jusqu'à hier soir, lorsqu'elle m'a proposé six mois de salaire pour abandonner mon enquête. C'est à ce moment-là que j'ai décidé de foncer.

— Tu n'avais toujours pas entrevu la vérité ?

— Comment aurais-je pu ? Je me retrouvais avec une femme entre deux âges — une femme ! Frank, une vraie, avec des seins et un disparu, père de deux enfants...

— Ah, la naïveté de la jeunesse !

— Tu aurais fait mieux ?

Frank rigola et fit un signe du menton en direction du mur.

— L'un des gars, dans la salle de rédaction, s'est longtemps appelé Elisabeth.

— Tu te fous de moi ?

— Non. Tu le connais. Les merveilles de la science.

Fletch secoua la tête.

— Faudra que je laisse tomber rapido mes tartines et mon chocolat.

— Si les humains étaient tous du même moule, Fletch, toi et moi n'aurions rien à écrire.

Frank posa ses avant-bras sur son bureau, les mains jointes.

— Pendant que nous y sommes, comment avoir une confirmation de ton récit ? Bien sûr, je ne veux pas dire que tu l'as inventé...

— Appelle Ednid Bradley. Avons pris le même avion, hier soir. Nous sommes devenus amis. Tu peux aussi téléphoner à Francine, à New York.

— D'accord.

— Frank, je récupère mon boulot ?

— Sûr. Présente-toi lundi matin.

— Et mes frais ? Ça m'a coûté une fortune d'éclaircir cette affaire. Vous me remboursez ?

— Pas question.

— Et pourquoi donc ?

— Pas d'article.

— Bordel, Frank !

— Pourquoi devrions-nous dépenser de l'argent pour un truc que nous ne publions pas ?

— Vous allez au moins me verser mes deux semaines de salaire, hein ?

— Non.

— Non ?

— Un fait demeure, Fletch. Tu as déconné. Nous t'avons demandé de prouver une de tes affirmations, et tu en as été incapable.

— Mais j'y suis arrivé.

— Au bout de deux semaines. Et, en plus, nous ne pouvons rien écrire pour justifier notre bonne foi. Le journal est toujours dans la merde. Tu as de la chance de retrouver ton boulot.

Fletch s'était levé et surplombait son rédacteur en chef.

— Tu veux dire, Frank, que pour un misérable papier de quelques colonnes sur une misérable société à la gomme dans les misérables pages économiques du *New Tribune*, j'étais supposé découvrir que le président du conseil d'administration s'était planqué pour changer de sexe ?

— Ouais. Exactement.

— Tu sais de quoi tu es plein, Frank ?

— Voyons voir. Ça s'écrit avec cinq lettres ? Viens lundi. Et n'avance plus jamais le moindre machin que tu ne sois en mesure de légitimer sur-le-champ.

— Va te faire foutre, Frank.

— *Ciao*, Fletch.

Quand Fletch s'assit à son bureau, autour de lui la zone de perturbation alla en s'élargissant. Quelqu'un y avait placé un carton avec écrit dessus : V.I.P. — Vrai Important Plaisantin.

Fletch l'attrapa et le lança dans sa corbeille. Puis il sourit en regardant ses confrères.

Al lui cria — assez fort pour que tout le monde entende :

— Finalement, Fletch, tu te décides à empaqueter tes petites affaires ?

— Non.

— Qu'est-ce que tu fais, alors ?

— Je suis simplement venu vérifier qu'elles sont toujours là. J'en aurai besoin lundi.

On aurait pu couper au couteau le silence qui suivit. Même les transistors, branchés sur les longueurs d'ondes de la police, se turent.

Randall, le responsable des informations religieuses, demanda :

— Tu veux dire que Frank t'a repris ?

— Ouais. C'est ça. Exactement ça.

Tous, dans la salle, échangèrent des regards lourds de sens et chargés de colère.

— A lundi, messieurs. (Fletch se leva,) Passez un bon week-end.

Il traversa tranquillement la rédaction. Quand il arriva à la porte, il se retourna. Plusieurs chefs de rubriques et journalistes s'engouffraient, au même moment, chez Frank Jaffe. Une délégation, visiblement. Clara Snow était de la mêlée.

Ils croyaient qu'ils allaient protester contre la décision du rédacteur en chef, mais, en réalité, ils tenteraient surtout de découvrir l'histoire que Fletch avait racontée. Après tout, c'étaient des journalistes.

Et Fletch savait que Jaffe ne leur dirait rien.

Il sortit du bâtiment en riant.

Une contractuelle mettait une contravention sur sa voiture.

Il lui prit les mains, la remercia, et la fit rougir en l'embrassant légèrement sur les joues.

CHAPITRE XL

Sous la douche, Fletch crut entendre la sonnette de l'entrée, mais n'y prêta pas grande attention. Puis il se rendit compte qu'on cognait sur la porte avec assez de force pour réveiller un mort.

Il enroula une serviette autour de ses hanches et se précipita pour ouvrir.

Deux hommes se tenaient dans le couloir. L'un était petit, bien habillé, et ses yeux luisaient d'une lueur cruelle. L'autre était grand, mal habillé et ses yeux luisaient d'une lueur cruelle.

— Vous vous êtes trompés d'appartement, dit Fletch. Du moins, je l'espère.

— Irwin Maurice Fletcher ?

— Eh bien, puisque vous insistez.

Fletch se souvint que l'amoire à glace traînait dans le hall de l'immeuble quand il était arrivé. Il avait regardé Fletch prendre son courrier et l'avait suivi dans l'ascenseur. Le jeune homme s'était dit qu'il ressemblait à un lutteur de foire, en plus professionnel, et que ça pourrait peut-être faire un bon papier.

Maintenant, il était sûr qu'il serait prudent d'éviter d'interviewer ce type.

— Je suis James St. Eustiche Crandall, dit le petit.

— Eustiche ?

— Vous avez quelque chose qui m'appartient.

— Vraiment ?

Les deux gars entrèrent dans l'appartement comme des chars d'assaut. Pauvre soldat presque nu, Fletch recula devant les tanks, et ajouta :

— Ah, oui, c'est vrai, en quelque sorte.

— Qu'entendez-vous par *en quelque sorte ?* fit le petit.

Pendant que le grand fermait la porte.

Fletch noua solidement sa serviette autour de sa taille.

— Puis-je avoir une preuve que vous êtes véritablement James St. Eustiche Crandall ?

— Sûr. C'est raisonnable. Sûr.

Il tira un permis de conduire de son portefeuille et le tendit à Fletch.

Celui-ci le prit et l'étudia aussi longtemps que possible.

— Qu'est-ce qui ne va pas ? demanda son visiteur.

— Je suis certain qu'il s'agit d'une simple erreur administrative, mais cette carte est au nom de James Railly.

L'autre la lui arracha des mains, la rangea très vite dans sa veste, en sortit une seconde et la donna à Fletch sans ménagements.

— Ah ! murmura ce dernier en l'examinant. Vous êtes aussi James St. Eustiche Crandall. Aucun doute. Les photos correspondent. (Il lui rendit le permis.) Ça doit être agréable d'être schizo. Vous pouvez vous gratter le dos vous-même.

— Allez, je veux récupérer mon bien.

— Mais certainement.

Fletch recula prudemment dans le salon. Le costaud bougea en même temps que lui. Il le gardait à portée de ses poings.

— Je me demandais quelle récompense vous envisagiez, ajouta Fletch.

— Pour quoi ?

— Eh bien pour avoir trouvé votre machin. Et vous l'avoir rendu.

— Vous n'avez rien rendu du tout. J'ai été obligé de venir le chercher.

— J'ai passé des annonces. Dans deux journaux différents.

— De la merde. J'ai pas vu.

— Alors comment m'avez-vous retrouvé ?

— La Police de San Francisco. Un directeur d'hôtel vous a dénoncé. M'ont dit que vous vous étiez tiré avec mon blé. M'ont même montré une photo de vous, dans le journal, en train de pousser une vieille d'un pont, ou un truc comme ça. Ils m'ont dit : *C'est ce mec-là.* Espèce de tocard.

— Oh, zut.

Le petit homme plissa les yeux méchamment.

— Je vous ai attendu toute la semaine. Magnez-vous avec le fric.

— Pas de récompense ?

— Laissez tomber cette connerie.

— J'aimerais bien. (Le Tarzan était si baraqué qu'il cachait entièrement la porte d'entrée.) Je m'imaginais simplement qu'une gratification de trois mille neuf cent quatre-vingt-deux dollars et douze *cents* aurait été sympa.

— Que dalle ! (Le type appuya son index sur la poitrine de Fletch.) Mais vous arracher la peau par petits bouts, oui, ça serait sympa.

— C'est le montant de ce que je n'ai plus.

Les yeux du soi-disant Crandall lui sortirent de la tête.

— Que vous n'avez plus ?

— Je l'ai dépensé.

— Comment avez-vous pu toucher à mon argent ? Fils de pute !

— J'ai eu un problème, voyez-vous. J'ai été forcé de partir en excursion.

L'autre fit des efforts désespérés pour conserver son calme.

— Ecoute, môme. C'est du pèze de jeu, tu piges ? Tu vois ce que ça veut dire ?

— Oh, non. J' connais pas ce symptôme-là.

— Mon pot. Mon magot. Ça correspond exactement à mes gains, dans une entreprise bien précise. Il me le faut entier. Intact. Ou il ne sert à rien.

Fletch soupira :

— Oh, zut !

— Et je l'ai perdu ! Dans la rue, quelque part. Je n'ai pas d'autre fond, dans cette affaire-là. Ces deux dernières semaines, tu m'as coûté une fortune.

— Ouais ?

— Dans les trois cent mille dollars.

— Ah, ouais ?

— Faut que je le récupère jusqu'au moindre *cent.* L'argent originel, tu vois ?

Fletch se tourna légèrement pour avoir un point d'appui s'il devait frapper.

— De quel droit l'as-tu fiché en l'air ?

— Aucun, admit Fletch.

Le petit poing du petit homme le tapa durement à l'épaule. Le mastodonte ne bougea pas. Il se contenta de polluer l'atmosphère de son haleine aillée.

— Tu me rends mon fric ! Chaque foutu *cent.* Ou Lester, ici présent, va se servir de ta tronche comme ballon de basket !

— Lester ! s'exclama Fletch d'un ton sincère. Je crois ce que dit votre ami. (Et au soi-disant Railly, il ajouta :) Je vais pouvoir vous rembourser. Mais ça prendra un moment.

Le gars se laissa tomber dans un fauteuil.

— Je te donne une heure.

— Enid ? (Même en parlant au téléphone, le dos tourné à Lester, Fletch reniflait l'odeur d'ail.) C'est Fletch.

— Bonsoir, Fletch. Comment se porte votre décalage horaire ? Vous devez vous sentir comme un ballon de basket, non ?

— Ça va.

— Votre rédacteur en chef, monsieur Jaffe, m'a appelée. Je lui ai tout raconté. Confidentiellement, bien sûr.

— Merci. Enid, vous vous souvenez de ce que je vous ai expliqué l'autre jour, à propos de cet argent emprunté pour financer tous mes voyages ?

— Oui.

— Eh bien, les bandits qui en sont, en quelque sorte, la source *ooups !* — il ressentit une vive douleur à l'estomac — je veux dire les philosophes qui me l'ont aimablement prêté, sont ici. Et ils veulent le recouvrer tout de suite.

— Fletch, vous vous êtes adressé à des requins ! Vous auriez dû nous en informer !

— C'est fait.

— Combien ?

— Arrondissons à trois mille neuf cent quatre-vingt-deux dollars et douze *cents*, en billets de mille dollars flambants neufs. Enid ? C'est *très* urgent.

— J'arrive dès que possible. Votre adresse ?

Fletch la lui communiqua et ajouta :

— Enid, je vous prie de me croire. Ce n'est pas un chantage, ou quoi que ce soit.

— Je sais, Fletch. Vous avez déjà prouvé votre honnêteté. Je vous rejoins.

Fletch raccrocha et demanda en se frottant l'abdomen :

— Je peux aller m'habiller ?

— Aucune raison de bousiller tes fringues, assura l'armoire. Tu vas y faire des taches de sang.

— Ouais, ajouta le petit, du fauteuil. Autant les garder propres, quelqu'un d'autre risque d'en avoir besoin. A l'Armée du Salut.

Ils attendirent un peu plus d'une heure. Pendant tout ce temps, Lester resta debout à côté de Fletch.

Il semblait fasciné par ses oreilles, car il ne cessait de les examiner. Chaque fois que Fletch le regardait, il hochait la tête vers ses oreilles et leur souriait. Visiblement, celles de Lester avaient eu quelques problèmes. On y voyait des cicatrices de traces de dents.

Fletch essaya de penser à autre chose.

Sur la table basse, parmi des tas de factures, il y avait une lettre de la mairie.

Cher Monsieur Fletcher,

Ce mot pour vous exprimer l'extrême déplaisir de monsieur le Maire que vous ne vous soyez pas présenté pour recevoir votre médaille de Bon Citoyen du Mois, vendredi dernier, comme nous vous l'avions expressément demandé. Le Maire et la presse vous attendaient. Votre indifférence — vous ne nous avez même pas prévenus que vous seriez absent — a causé beaucoup de tort à l'ensemble du programme municipal.

Monsieur le Maire m'a chargé de vous annoncer que vous étiez déchu de votre titre.

Sincèrement,

Le bureau du Maire

Fletch regarda sa porte d'entrée et cria, d'une voix faible :

— Au secours ! Police !

Mais il ne parvenait pas à oublier sa triste situation. Alors, il demanda au joueur :

— Lorsque je vous ai téléphoné de la réception de l'hôtel pour vous dire que j'avais trouvé votre argent, pourquoi n'être pas descendu ? Puisque vous paraissez en avoir tellement besoin ?

— C'était pas toi.

— Bien sûr que si.

— Non, dit-il d'un ton sans réplique. Y avait cet autre connard, tu vois ? Connaissait l'existence de ce portefeuille. A ce moment-là, je lui devais beaucoup plus. Il essayait de me faire partir pour me baiser. J'ai demandé à un pote de régler la note à ma place.

— Mais pourtant vous saviez que vous aviez égaré votre fric.

— Je croyais qu'il était dans ma voiture. Je l'avais laissé sous le siège. Il a dû tomber. A moins que tu l'aies piqué.

Fletch soupira.

— Maintenant, vous comprenez que c'était moi — qui essayais de vous le rendre.

Le visiteur sourit.

— Non.

— Pourquoi ?

— Tu trouves vingt-cinq mille dollars en liquide et tu cherches à le restituer à son propriétaire ? Tu me prends pour un imbécile ?

Fletch réfléchit un moment, puis répondit :

— Vous devriez éviter de poser des questions personnelles.

Quand on sonna, Lester se précipita pour ouvrir, en silence. La voix d'Enid retentit :

— Fletch, tout va bien ?

Lester claqua la porte derrière elle. Lorsqu'il se retourna, il tenait quatre billets de mille dollars.

— Oh, oui, ça va ! Sûr ! Merci ! hurla Fletch.

— Une vieille peau, commenta Lester.

Le petit homme s'était rué sur Lester pour s'emparer de l'argent. Il compta les quatre coupures cinq fois de suite.

— Où est le reste ? demanda-t-il.

Fletch se leva, alla au placard de la chambre, prit le portefeuille où il était caché — dans le sac à main de Moxie — et le ramena dans le salon. Il le jeta à son visiteur. Qui l'attrapa de justesse, et le transperça d'un regard outragé. On ne rigole pas avec de l'argent du jeu.

Puis il vérifia cinq fois les vingt et un billets. Il y ajouta les quatre mille dollars et rangea le tout dans une de ses poches.

Avant de franchir le seuil, il grogna :

— Dérouille-le, Lester. Casse-lui la tête. Tout ce mal

qu'il m'a donné ! Et ces quatres biftons qui sont même pas les originaux... Ça va coûter cher, tu vas voir. Enculé !

— Lester ? demanda Fletch. Tu connais celle du vétérinaire myope et du tuyau d'arrosage ?

Fletch avait vu juste. Lester était obsédé par les oreilles. Il le frappa ailleurs, bien sûr, mais surtout pour que le journaliste baissât ses avants-bras qui protégeaient son visage. Lester s'attaqua consciencieusement à son oreille gauche, puis à sa droite, et, ensuite, il alterna savamment.

Il se serait peut-être fatigué plus tôt si Fletch n'avait pas réussi à lui en mettre un bon sur le nez, qui se mit à saigner.

Le petit homme revint, passa la tête dans l'entrebâillement de la porte, et cria :

— Lester, magne-toi ! L'ascenseur est là.

Lester essuya son nez avec sa manche et s'en alla.

Fletch était allongé par terre. C'était le seul endroit qu'il avait trouvé où faire retraite devant l'enthousiasme final de Lester pour sa tâche. Il entendit les deux types marcher dans le couloir, et les portes de l'ascenseur se refermer.

— Un de perdu, dix de retrouvés, murmura-t-il.

CHAPITRE XLI

Le bourdonnement, dans son crâne, changea de rythme, et acquit une certaine harmonie. Fletch en déduisit que le téléphone sonnait. Toujours étendu sur le sol, la respiration irrégulière, il tira sur le fil. L'appareil tomba avec fracas.

— Allô ? fit-il.

— Oh, Fletch, tu es à la maison.

— Qu'est-ce qu'elle a, la saison ?

— Pourquoi tu cries ?

— Moxie ?

— Fletch, Rick m'a demandé d'habiter sa piaule, avec lui.

— La gaule avec lui ? La gaule avec qui ?

— Arrête de hurler. Ça a été sacrément difficile, tu sais. J'ai passé tous ces foutus jours et toutes ces foutues nuits à répéter cette pièce avec lui et, je t'assure, ce n'est pas *la Dame aux Camélias.* Roger s'est montré très tatillon pour que les scènes de nu soient parfaites et sincèrement, Fletch, Rick est superbe, et très gentil, un rythme parfait. Comment une fille peut-elle vivre ça, sans... Tu n'as pas été beaucoup là, ces derniers temps, tu vois.

— Rick va bien ?

— Fletch, tu es sourd ? Pourquoi fais-tu tant de bruit en respirant ?

— Quand rentres-tu, Moxie ?

— Tu viendrais me prendre ?

— Comment pourrais-je te vendre ?

— J'ai perdu la petite voiture jaune au joli bip-bip. L'ai garée devant le théâtre et elle n'était plus là quand je suis revenue. Je l'ai dit à la police, mais ça n'a pas eu l'air de beaucoup les intéresser.

— Bon, j'arrive.

— Ecoute, Fletch, vas-tu rester un peu plus souvent avec moi, désormais ? Aucune fille ne peut supporter ce genre de tension...

— Pension ? Pourquoi une pension ? Je suis là dans quelques minutes. J'étais sous la douche.

— Oh, c'est pour ça que tu cries !

— Au fait, Moxie. J'ai récupéré mon boulot.

— Merveilleux.

— Tu m'attends, hein ?

Fletch raccrocha, roula sur le dos et s'assit. Le sol se souleva, les murs dansèrent. Ses yeux se fermaient tout seuls. Et son estomac se plaignit de n'avoir rien à vomir.

Il décida de rester encore un peu allongé sur la moquette, avant de nettoyer le sang, de s'habiller et d'essayer de conduire. Il se remit, lentement, sur le ventre. Il posa doucement sa joue droite douloureuse sur son avant-bras douloureux.

Et il s'endormit.

ACHEVÉ D'IMPRIMER SUR LES PRESSES
DE COX & WYMAN LTD. (ANGLETERRE)

N° d'édition : 1999
Dépôt légal : avril 1990